온전한 불안

온전한 불안

1판1쇄 펴냄 2023년 5월 31일

지은이 에이미 립트롯
옮긴이 성원

펴낸이 김경태
편집 홍경화 성준근 남슬기 한홍비
디자인 박정영 김재현
마케팅 유진선 강주영
경영관리 곽라흔

펴낸곳 (주)출판사 클
출판등록 2012년 1월 5일 제311-2012-02호
주소 03385 서울시 은평구 연서로26길 25-6
전화 070-4176-4680   팩스 02-354-4680   이메일 bookkl@bookkl.com

ISBN 979-11-92512-29-7 03840

온전한 불안

에이미 립트롯 지음
성원 옮김

상심한 사람들을 위하여

차례

프롤로그

2월

굶주림의 달Hunger Moon

달로부터 문자 메시지를 받고 있다. 달이 내 위치를 추적해도 괜찮은지 묻는 문구가 핸드폰에 환하게 떠오르고, 나는 동의한다.

나는 새 도시로 옮겼지만 달은 나를 졸졸 따라다닌다. 달은 문자로 자기가 언제 사라지는지를 알려준다. 크로이츠베르크에 있는 내 아파트 창으로는 뜰 위에 걸친 평행사변형의 하늘밖에, 어떤 맑은 밤에 지나가는 달을 붙들 작은 공간밖에 없다.

B는 사람들이 이곳으로 이사해오는 이유는 고향 친구들에게 자기가 베를린에 살고 있다고 이야기할 수 있어서라고 했다. 그리고 그는 사람들은 대체로 여러 해를 생략한 것처럼 느낀다고, 젊음을 연장할 수 있다고 했다.

앱은 내 위치를 이용해서 달의 모양, 방향, 거리를 항상 알려준다. 정문 옆으로 서양쐐기풀이 자라는 구식 건물, 긴 창이 달린 아파트의 좁은 주방에 놓인 테이블에 앉아 있는 바로 지금, 달은 내 심장 가까이서 핸드폰을 쥐고 있는 내 손으로부터 384,012마일 떨어져 있다. 나는 지루함에 진저리를 치며, 퇴근해서 막 집에 왔다. 달은 차는 중이고, 거의 정동의 수평선 위 25.2도에 있다. 정오 직후에 떴고 새벽 3시경에 질 것이다.

나는 목욕물을 받고, 디지털 차트를 찾아보고, 그러고는 달을 기다린다. 욕조가 창 옆에 있어서 창을 활짝 열어 서늘한 공기를 맞이한다. 계단에서 야옹대는 길고양이 소리, 헐벗은 나무에서 종알대는 까치 소리, 고향의 바람을 연상시키는, 분간할 수 없는 도시의 소음이 들린다. 처음으로 시야에 들어온 달은 맞은편 이웃의 창에 비친 모습이다. 이중 유리창에 뜬 동글납작한 광휘. 저녁 시간 동안 달은 멀리 떠 있는 배처럼 지나간다. 나는 자꾸만 창으로 되돌아가 그 몽롱한 빛을 보며 전율한다.

계단에는 정치적인 그라피티와 글씨들이 있다. 젠트리피케이션 반대, 난민 찬성, 무정부주의. 이 건물은 한때 무단 점유되었고, 아파트에는 약간 공동체적인 요소들이 있다. 공용 와이파이와 잡역부 같은.

안마당을 둘러싸고 이웃들이 다양한 언어로 말다툼과 섹스를 하는 소리, 누군가 플루트 부는 소리, 아기 우는 소리가 들린다. 5월 1일이면 이 안마당에서 큰 테크노 파티가 열린다. 이일대가 광란에 빠진다.

인터넷이 혼을 쏙 빼놓아서 나는 긴장을 풀기 위해 달로 간다. 새 브라우저 탭에 달의 위키피디아 페이지와 달 표면 구글맵을 띄우고. 나는 나사NASA의 새로운 달 개척 프로그램을 추적한다. 나는 달이 한때 지구의 일부였다가 소행성에 의해 떨어져 나왔을지 모른다는 사실을 알게 된다. 스코틀랜드에서 태즈메이니아로 이주한 B는 남반구에는 다른 달이 있다고 내게 말한다. 그 달은 정반대 방향으로 차고 이운다. 나는 달이 지구의 자전 속도를 늦추고 있다는 사실을 알게 된다. 달이 우리를 꼭 붙들고 있다.

나는 고향 섬에 있을 때 달에 대해, 특히 달이 조수에 미치는 영향에 대해 많이 알게 되었다. 썰물에 초승달이 뜨면 해변에서 스푸트라고 하는 조개를 잡을 때고, 보름달 이후는 만조선(만조 때의 바다와 땅의 경계선—옮긴이)에 쓸려 올라온 것들—유목流木과 보물—을 살펴보러 갈 때다.

내가 사는 거리와 그리 넓지 않은 그 주변은 서로 다른 시대의 크로이츠베르크가 혼재되어 있다. 초밥집과 개성이 넘치는 커피숍, 디자이너 부티크 옆에 구멍가게, 터키 빵집, '혁명 장비'를 파는 창고가 있다. 인도 위에는 아무나 공짜로 가져갈 수 있는 옷 무더기가 쌓여 있고 1,000유로짜리 드레스를 파는 곳들도 있다.

인터넷에서 사람들이 질문을 한다. 달은 뭘로 만들어졌나요? 어째서 낮에 달을 볼 수 있는 거죠? 어째서 달은 붉은가요? 달이 파괴될 수도 있나요?

나는 긴 스커트에 손가락 없는 장갑을 끼고 전에 그랬던 것처럼 손톱에 매니큐어를 바르고 있다. 파티에 다니고 있다. 영어책 서점에서 노르웨이 사람 둘이 신시사이저를 연주하는 동안 〈오디세이〉를 크게 낭독했다.

나는 도망쳤지만 어딜 가든 달을 발견한다. 템펠호프 펠트
—베를린시 안에 있는 거대한 공원— 오솔길에서는 아주 작은
분홍색 플라스틱 초승달을 발견했다. 이 도시에 온 첫 주에는
서점에서 아름다운 음력 달력을 발견해서 집에 있는 벽에다 블
루택으로 붙여놓았다. 한 달에 두 번 초승달과 보름달 무렵 나
는 삭망을 기다린다. 달, 지구, 태양이 일직선에 놓이는 순간.
내 1년 치 다이어리에는 달의 순환이 거의 전부다. 나의 미래는
비어 있지만 나는 달이 무슨 일을 할지 알고 있다.

앞으로 양력 한 해 동안 보름달이 열세 번 뜰 것이다. 달과
계절마다 보름달을 부르는 전통적인 이름이 다르다. 2월의 보
름달은 굶주림의 달이고 3월의 달은 사순절(부활주일 전 40일간
—옮긴이), 벌레, 또는 수액의 달이다. 이 이름들은 다양한 문화
—아메리카 선주민, 켈트족, 앵글로색슨족—에서 우리에게 온
것이지만 모두 계절과 농사 시기와 관련이 있다.

달은 이제 뜰을 지나 건물 뒤로 가버렸지만 나는 온라인으로
달의 사진들을 보고 있다. 트위터, 데이팅 앱, 이베이 목록을
닫는다. 망원 카메라로 찍은 서로 다른 이미지 프레임 수백 장
을 가지고 만들어낸 달의 모자이크는 달 표면을 아주 정교하게
보여준다. 질감이 살아 있는 분화구와 산맥, 낭떠러지들. 그것

들은 확대되어 있고, 흑백이고, 밝게 타오른다. 2월이고, 도시는 침침하지만 나는 달빛을 미친 듯이 찾고 있다.

　나는 넉 달간 베를린에서 지냈고 다섯 곳의 집에 살았다. 투박한 돌로 포장한 길에서 자전거를 탔다. 내 기기들을 계속 충전하고, 길에서 발견한 반바지를 입었다. 슈페티Späti(심야 상점) 밖에 앉아서, 마는 담배를 피우고, 클럽마테(마테나무 추출물이 함유된 독일의 인기 탄산음료—옮긴이)를 마시고, 길거리에 있는 매력적이고 낯선 사람들을 구경했다. 이틀 낮과 이틀 밤짜리 연애를 했다.

　이 도시 사람들은 무엇에도 몰두하지 못하지만, 달은 항상 궤도를 돌고 몇 개월이 가차없이 지나간다. 나는 독일어를 못하지만 '몬트der Mond(달)'는 안다.

　외로웠던 몇 년 동안 나는 달에 대한 애착이 커졌고 달 역시 나를 향한 애착이 커졌다. 나는 B에게 달이 내 남자친구라고 말한다.

파도를 헤치고 수영하는 법

7월

천둥의 달 Thunder Moon

지난여름 나는 섬에 있는 작은 아파트를 빌렸다. 작은 항구 마을, 뱃고동 소리가 하루하루 느린 리듬을 새기고, 매일 두 번 도착하는 여객선의 승객 안내 방송이 들릴 정도로 부두에 가까운 곳이었다.

나는 안 쓰는 런던 A-Z(포켓형 런던 지도—옮긴이)를 찢어서 벽지로 사용했다. 내 샤워실은 모래와 해초가 한가득이었다.

담배 피울 때 나가는 뒷문 밖에는 재잘대는 참새들이 담쟁

15

이덩굴 안에 빼곡했다. 나는 조금씩 일을 시작했고, 예전 고용주와 다시 일해볼까 고민했고, 뭔가가 일어나기를 기다리고 있었다.

지금 이 장소에, 책장과 초고속 인터넷과 함께 있다가도, 주방에서 외로움에 휩쓸린 채 서 있는 나 자신을 발견하곤 했다. 나는 몇 년간 혼자 살고 있었고, 그게 힘들었다.

종종 언덕 위로 걸어가서 달이 뜨는 걸 지켜보곤 했다. 마을을 내려다보고, 만 너머 다른 섬들을, 그리고 그 너머 본섬의 스코틀랜드와 대서양이 펼쳐진 서쪽을 바라보곤 했다.

어떤 날 밤에는 늦게까지 잠들지 못하고 침대에서 인터넷을 배회하며 여행을 했다. 노트북이 이불 위에서 따뜻하게 웅웅거리는 동안 나는 구글 스트리트 뷰로 전 세계 도시의 거리를 걸어 다녔다.

나는 잠이 들어. 내가 인터넷 위로 높이 나는 새가 된 꿈을 꿔.

일주일에 한 번 정도 나는 괴짜 같은 바다 수영 모임 사람들을 만났다. 우리는 자동차 옆에서 옷을 벗으며 날씨에 대해, 수온과 바다의 상태에 대해 수다를 떨었다. 그러고 난 뒤 별로 주저하지 않고 물속으로 함께 걸어갔다.

마을 가장자리에 있는 작은 해변에서 종종 혼자서도 수영을 했다. 청바지를 벗고 다리로 찬 바람을 느끼기 전에 잠시 물을 미심쩍게 쳐다보곤 했다. 수영 양말과 수영 장갑을 착용하고 나머지 옷들은 자갈 위에 쌓고 내버려두었다. 나는 조금씩 물 속으로 들어갔다. 모든 모공과 장기와 신체 기능이 차가운 물에 반응했다. 물이 내 갈비뼈 아래에 닿으면 의지를 모아서 크게 숨을 마시고 평영을 시작했다.

한 주 최고의 몇 분이었다. 해안선과 나란히 수영을 하면서 수온에 익숙해졌고, 내 사지는 초록 물 아래서 창백해졌고, 바닷물이 입안으로 조금 들어왔고, 절대 너무 멀리 나가거나 너무 오래 있지 않았다. 그 몇 분 동안 나는 바다에, 목까지 잠긴 상태에, 내가 떠오를 거라는 믿음에 순응했다.

바다는 내가 핸드폰을 가져가지 않는 유일한 장소였다. 거의 매일 밤 나는 스크롤을 하며 시간을 보냈다. 나는 이상하게 번역된 위키하우의 '파도를 헤치고 수영하는 법' 페이지에 사로잡혔다.

파도가 지나가게 하는 가장 쉬운 방법은 그 밑으로 피하는 것이다.

나는 남쪽으로 여행하며 나라 곳곳을 돌아다니고, 커플들과 함께 지내고, 밤에는 벽을 통해 이들이 수다를 떨고 웃는 소리를 들었다. 섬으로 돌아왔을 때 나는 화가 나고, 억눌리고, 불만족스럽고, 더러운 기분이었다.

나는 성적으로 좌절해서 가슴이 아팠다. 울고 싶었고 자주 울었다. 살면서 처음으로 내가 나이 든다는 걸, 30대가 빠르게 지나가고 있다는 걸 느꼈다. 나의 구태의연한 욕망들이 난감했다. 나는 내가 그저 남자친구를 원하는 사람이기보다는 더 수완이 좋고 재미있는 사람이기를 바랐다. 하지만 달은 차갑고 잡히지 않아서, 항상 충분하지 않았다.

틴더를 다운받았더니 그 장소 기반 알고리즘이 먼 바다를 향해 지나가는 어선과 석유시추선에 있는, 나와 닿을 수 없는 사람들을 보여주었다.

이례적으로 거대한 파도가 다가오는 게 보이면 가장 좋은 방법은 그 파도를 향해 곧장 헤엄치는 것이다.

나는 한 친구에게 반해버렸고 어느 정도 시간이 지나고 그에게 이야기할 용기를 냈다. 그는 정중하면서도 단호하게 자기는 관심이 없다고 말했다. 한없는 슬픔. 나는 일어나지 않은 무언가에 그렇게 속을 끓였던 게, 아무것도 아닌 일에 속이 상했던 게 부끄러웠다. 나는 마음속으로 군대를 일으키고 다시 궤멸시켰다.

나는 훌훌 털어내기로 결심했다. 알고 지내던 다른 누군가를 유혹할 생각이었다. 다리털을 밀고 원피스를 입고 그의 집으로 걸어갔다. 그는 집에 없었다. 그 후로 나는 그 일을 속에 담아두지 않았다. 지나치게 마음 쓰지 않았다.

섬거대증Island gigantism은 섬에 갇힌 동물들이 수세대를 거치며 본토에 있는 같은 종의 동물들보다 더 커지는 현상이다. 포식자나 경쟁자가 많지 않아서 크게 진화할 수 있는 것이다. 설치류에서 가장 흔하게 나타난다. 나의 섬에서는 들쥐와 생쥐가 본토의 사촌들보다 덩치가 컸다.

파도에 갇혀서 데굴데굴 구르게 되었을 때는 긴장을 풀라! 맞서 싸우려 하지 말라. 몇 초면 파도는 당신을 놓아줄 것이다.

나는 블랙 크레이그로, 그다음에는 외딴 해안선을 따라 섬에서 가장 높은 벼랑까지 걸었다. 해안 산책로에서 바다 위에 둥둥 떠 있는 풍력에너지 장치를 바라보고 여객선을 향해 손을 흔들었지만 누구도 마주 손을 흔들어줬다고 생각하지는 않는다. 시 스택sea stack이 바다에 떨어진 거대한 느낌표처럼 보였고, 나 혼자 지켜보는 바로 그 순간 그 생뚱맞은 구조물이 그 자리에서 허물어지는 상상을 했다. 그 전날 시든 상추가 놓여 있던 슈퍼마켓 과일 채소 코너에서, 여름이 끝나면 결단코 섬을 떠나겠다고 다짐했던 일을 떠올렸지만, 막상 지금, 분홍빛 미리티마너도부추와 난초와 댕기물떼새들과 흰머리딱새들과 바다오리들과 함께 그 위에 있으니 자신이 없었다.

나는 누군가 내게 그 섬에는 다른 집에선 보이지 않는 집이 딱 한 채 있다고 말했던 일을 떠올렸다. 앙증맞은 프리물라 스코티카*Primula Scotica*(스코틀랜드 앵초)가 염분이 있는 노출된 곳을 좋아한다는 사실을 떠올렸다.

전에 들어보기도 했고, 그렇게 오래되지 않은 과거에 찍은 사진으로 본 적이 있는 목조 사우나를 찾아, 시내를 따라 산에 올랐다. 마도요들이 제정신이 아니었다. 작은 폭포와 그 아래

둑으로 막힌 웅덩이를 발견했지만 사우나는 없었다. 불에 타서 무너져내렸고, 검게 그을린 그루터기들만 남아 있었다. 물속에서 발을 식히고 도로로 걸어가서 지나가는 차를 얻어 타고 바다표범 생물학자와 함께 마을로 돌아왔다.

내게는 좋은 인생의 뼈대가 있었지만 그 안에는 심장이 없었다. 지난 2년 내내 똑같은 겨울옷을 껴입고 다녔다. 내 여름옷과 파티용 원피스는 옷장에 그대로 걸려 있었다. 한때 내 사진에는 모두 사람이 담겨 있었다. 하지만 이제는 모두 하늘 사진이다.

내가 본 새들이 하루의 하이라이트였다. 하루는 운전하다가 수컷 개구리매의 은빛 자태를 얼핏 보았다. 그다음 날에는 항구에서 웃기는 소리로 구구거리는 솜털오리 한 쌍을 보았다.

나는 부모님의 중간에 살면서 이들의 소통을 중계했다. 10년 전에 이혼한 부모님은 나를 이용해 서로에 대한 정보를 얻었다.

나는 괜찮게 지내려고, 긴장을 늦추려고, 내가 가진 것에 감사하려고 노력하지만, 더 많은 것을 향한 사나운 갈망에 계속 휘둘렸다. 나에게 동기를 부여했던 바로 그 욕구와 자기 확신이 나를 좌절시켰다. 고통은 내 야심의 부산물이었다.

파도에 두들겨 맞게 되었을 경우에는 더 얕은 물로 가거나 파도를 지나 해안가에서 벗어나야 한다.

외로움이 차곡차곡 쌓이다가 성난 말들로 —종종 섬을 향해 — 쏟아져 나오던 시절이 있었다. 아프고 외로운 밤이면 술을 끊고 살려던 삶이 이런 거였나 의구심이 일었다.

벗어나야 했다. 성인의 삶, 레스토랑, 섹시함, 대화와 예술을 원했다. 나의 묵은 과거를 알지 못하는 새로운 사람들을 만나고 싶었다.

나는 돈을 벌었고 은행에는 몇 달 정도 버틸 만한 잔고가 있었으므로 배를 타기로 결심했다. 내 아파트를 임대한다는 공고를 올리고 나서, 곧바로 아침 일찍 일어나 여객선에 올랐다.

나는 떠날 때의 기분을 항상 좋아했다. 부두와 섬에서 멀어지는 여객선, A9(스코틀랜드의 남북을 가로지르는 도로—옮긴이)을 타고 내려가는 버스.

스코틀랜드를 지나는 동안 내 공책, 내 꿈 다이어리에 미래의 위대한 사랑에게 편지를 쓴다. 얼굴도 이름도 없는 판타지를 향한 대사와 감탄을 상상하면서.

너의 집에 있는 모든 방에서 잠들고 싶어.

네가 살아온 모든 해의 기억을 알고 싶어.

모눈종이에 네 등의 굴곡을 표시할 거야.

매일 신문에서 너의 이름에 들어 있는 글자들을 잘라낼 거야.

학교에 다니는 아이들이 너의 DNA 서열을 암송하기를 바라.

심장의 구글맵 투어

8월

곡식의 달Grain Moon

나는 배낭에 세계를 넣어 두고 동해안 본선east-coast main line, 남쪽으로 달리는 기차를 탄다. 역에서 산 신문을 보면, 총리가 테러 위협에 맞서는 새로운 힘을 약속하고, 큰개개비와 유럽멧비둘기가 멸종위기 조류 목록에 추가되었다. 나를 서로 다른 장소와 생각―1930년대의 노픽(미국 동부 버지니아주 동남부의 체서피크만 입구에 있는 항만 도시―옮긴이), 유체역학 연구, 빈 페이지―으로 초대하는 세 권의 책이 있고, 핸드폰에는 그보다 훨씬 많은 책이 있다. 다섯 시간짜리 여행을 하는 동안 내 주의를 끌기 위한 경쟁 때문에 아찔하고, 열차 좌석에 앉은 채로 손에 넣을 수 있는 가능성에 어안이 벙벙하다. 나는 객차에서 들리는 대화에 귀를 쫑긋 세웠다가 닫아버렸다가 한다. 요크 지방으로 당일치기 여행을 가고 있는 은퇴자들 네 명, 함께 아는 친구에 대해 이야기하는 20대 두 명, 내 옆에서 헤드폰을 쓰고 유튜브 만화를 보고 있는 남자.

그러는 동안 잉글랜드의 풍경이 시속 90마일의 속도로 지나간다. 생울타리와 창고들, 캐러밴 공원과 태양광 발전 단지들, 고가도로와 굴다리들. 죽은 짐승 옆에 서 있는 한 남자가 보인다. 여름의 끝 무렵이고 남쪽으로 향할수록 해가 환해진다.

그리고 내 손에는 인터넷을 통째로 담고 있는 핸드폰이 들려 있다. 모든 친구들, 위키피디아 전부를. 인터넷은 항상 다른 장소를 내게 들이민다. 관심은 이곳에서 저곳으로 끌려다니고, 나는 주의가 산만한 채로 몇 날 며칠을 보낸다. 뭐든 끝을 보는 게 잘하는 짓일 것이다. 어느 세상으로 들어갈까?

구글 어스를 연다. 1,100킬로미터 바깥에서 나는 신의 시선을 얻고, 손가락으로 스크린 위의 지구를 구슬이라도 되는 것처럼 돌린다. 엄지와 검지 사이에 온 세상이 있고, 낙하산을 타고 땅으로 내려오듯 내가 선택한 지역을 내 쪽으로 끌어당긴다.

영국을 찾은 다음, 철새처럼 강과 고속도로를 따라 북쪽으로 간다. 나는 한 발은 섬을, 다른 발은 인터넷을 딛고 살아가고 있다. 몇 달에 한 번씩 이 여행 가방을 이 나라 위아래로 끌고 다녔다. 이번에는 1년 아니면 그 이상 떠나 있을 것이다. 내가 남쪽으로 이동하자 내 핸드폰은 새로운 네트워크를 찾는다.

나는 바닷길을 통해 떠났지만, 구글에서는 공중에서 줌인하듯 섬에 접근한다. 센티미터당 10킬로미터, 센티미터당 5킬로미터. 하늘에서 땅으로 다가간다. 나의 섬들이 내 손바닥 안에 있다. 냄새도 없고, 고정된 채, 디지털화되어, 영원한 여름 속에서 구름 한 점 없이. 이곳은 내 고향이지만 친숙했던 것이 낯설어진다.

드물게 하늘이 맑은 날에 상업용 위성 또는 항공기가 찍은 사진들이 사우스캐롤라이나 아니면 아이오와 아니면 아일랜드 아니면 핀란드에 있는 거대한 컴퓨터 서버에 저장되어 있다가 순식간에 호출되어 해저에 있는 광섬유케이블을 지나 모바일 네트워크를 통해, 빠르게 남쪽을 향해 이동하는 기차에 있는 내게 전송된다.

나는 본섬 위를 맴돈다. 위성 사진에서 대부분의 들판은 진녹색이지만 어떤 곳은 풀이 깎여 있거나 다시 파종한 지가 얼마 안 돼서 그 사진들이 6월 초 첫 꼴 베기 직후에 찍혔다는 것을 알아본다. 나는 풍력 발전기를 해시계 삼아 하루 중의 시간대를 알아낼 수 있다. 풍력 발전기가 남서쪽으로 긴 그림자를 드리우면 이른 아침이 틀림없다.

어린 시절을 보낸 벼랑가 농장 쪽으로 이동한다. 사진상으로는 만조다. 익숙한 노두(암석이나 지층이 지표에 직접적으로 드러나 있는 곳―옮긴이) 일부가 물 위에 드러나지 않았기 때문이다. 위에서 보니 가축에게 먹이려고 쌓아 둔 꼴 무더기가 블랙홀 같다. 아빠의 트랙터가 만든 길이 들판을 가로질러 선명하게 드러난다. 캐러밴을 둘러싼 들판에서 녹슬어가는 낡은 차―내가 한때 몰았던 것들―의 지붕 위에 햇빛이 반짝인다.

나는 무인도들을 바라본다. 바위 위로 힘들게 올라온 바다표범의 형태와 그림자를 알아볼 수 있을 정도로 가까이 당겨서. 디지털 오류가 있다. 서로 다른 층이 서로 다른 날짜에 사진에 담겼고 나는 디지털 고고학의 층들을 벗겨내며 2008년과 2010년 사이를, 지금은 2006년을 휙휙 넘어다닌다. 들판을 가로지르며 2년을 되돌아간다. 끝없이 반복되는 지도 안에서, 항상 재설정되는 전 시간대 여행이다.

모든 사진이 과거를 담고 있다. 나는 지금 이 순간의 섬—새로운 작물철, 또 다른 해의 성장—이 아니라 위성이 그 사진을 찍은 순간의 섬을 보고 있다. 사진에 담긴 이 파도는 미래의 다른 모든 파도들로 대체될 것이다.

나는 첫 키스를 했던 바다 쪽으로 내려가는 계단을 바짝 당겨 줌인한다. 이미 동이 터오던 한여름의 새벽, 우리가 수영을 했던 청록색 만을 한바퀴 돈다. 내 기억들은 디지털화되어 있다. 드래그할 수 있고, 줌으로 당길 수 있고, 카메라를 파노라마 찍듯이 돌릴 수 있다. 해변의 소년, 얼굴이 흐려지고, 내 기억에서 희미해진. 우리가 여기 있다. 내가 무릎을 꿇었던 농장 오솔길 위에, 내가 눈물이 그렁그렁한 눈으로 자동차를 몰던 도로를 따라. 한 번만 클릭하면 나는 모든 문자 메시지와 이메일을 다시 읽을 수 있다.

문자 메시지 한 통이 나를 지도에서 끌어내 다시 기차로 돌아오게 한다. B가 킹스크로스역에서 만나자고 말한다. 나는 지도를 다시 줌아웃한다. 그 섬 말고도 더 많은 세상이 있다. 파란 점이 런던에 가까워지고 있는 나의 현 위치를 보여준다. 나는 곧 군중 사이에, 포근한 공기와 높은 빌딩들 사이에 있을 것이다. 책과 신문을 다시 내 가방에 챙겨넣기 시작한다.

하지만 손가락 한 번만 까딱하면 마치 동풍에 휩쓸린 것처럼 대서양으로 튕겨나가 인터넷 기상 시스템 속을 떠돌 수 있다.

구글맵은 여행도, 소란도, 온실가스 배출도 없이 내가 절대 갈 일 없는 장소에 접근할 수 있게 해준다. 구글맵의 사용자는 10억 명이다. 구글 위성이 찍은 사진들은 휴가 계획을 세우고 추억 근처를 서성이는 데 사용된다.

나는 어디 살든 벽에 종이 지도를 붙여놓는다. 항상 내 몸이 있지 않은 어떤 곳의 지도. 도시에서는 섬이 그리웠다. 가장 최근에 살았던 아파트에서는 런던 거리가 그리웠다. 바닥에 종이 지도를 펼쳐놓기를 좋아하지만 디지털 지도의 기능들을 감상할 때가 더 많다. 내 마음은 기술의 가능성들로 보글보글 부풀어오른다.

디지털 지도는 다른 어딘가에서 지낼 수 있는 새로운 기회를 제공한다. 때로는 화면 속 지도에 발을 디딜 수 있다는 기분을 느낀다. 최근에는 스트리트뷰 덕분에 나의 관심이 도시로 돌아왔고, 다음에는 어디로 갈지 생각하며 포르투, 프라하, 베를린의 거리를 가상으로 걸어 다닌다.

위성 사진들이 내 꿈에 들어와서, 내가 무의식일 때에도, 깨어 있을 때에도 스크롤을 하고 검색을 하게 만든다. 새로운 도시에서 나는 스트리트뷰의 오렌지색 인물 아이콘이 되어, 마우스로 클릭되어 낯선 환경에 떨어진 것같은 기분을 느낀다.

나는 또 다른 시절을 향해 떠날 것이다. 어디로 갈지는 잘 모른다. 런던의 침실, 베를린의 카페, 어느 따뜻한 바다의 다른 외딴섬, 모든 곳이 그 어느 때보다 가깝다. 나는 손가락을 하나 휘저어서 순식간에 복귀할 수 있다. 나의 집은 언제나 저기일 것이다. 여기 내 핸드폰과 심장에는, 구글맵 아이콘이 페이스북과 이메일 사이에서 가능성을 품고, 대서양과 북해 사이의 영토를 놓고 싸움을 벌이고 있다.

런던 변화가

9월

추수의 달Harvest Moon

킹스크로스역에서 내리자 B가 나를 맞이한다. B는 하루 일을 마치고, 지하철과 기차와 도보로 런던을 가로질러 동쪽으로 다시 한 시간을 더 가야 하는 자신의 집으로 내 가방을 옮기는 걸 도와주러 왔다. B의 아파트에는 남는 방이 하나 있고, 보통은 에어비앤비로 임대하는데 나는 한 달간 방세를 내고 거기서 지낼 수 있다. 우리는 B의 전 남자친구를 통해 처음 만났다. 그들은 헤어졌지만 우린 친구로 남았다. B는 고급 식품점에서 버린 신선한 음식을 찾을 수 있는 최고의 쓰레기 수거 통을 알고 있다. B는 일찍 일어나는 건 대체로 그럴 만한 가치가 있다는 걸 알고 있다.

누구와 함께 있든 나는 내가 이전에 하던 대화를 이어서 한다. 테이블 맞은편에 있는 친구는 바뀌지만 실은 여전하다. 앤디 워홀은 자신의 일기에서 자신을 A로, 자신과 함께 있는 사람은 조수든 친구든 누구든 B로 칭한다.

B는 아트 갤러리 카페에서, 내 자동차의 조수석에서, 내가 수영장 밖에서 담배를 피우는 동안 내 옆에 서서, 숲속 오솔길에서 앞서 걸으며 나와 함께 있다. 우리 두 사람이 같은 잡지에 글을 쓸 때, 같은 섬에서 살았을 때, 같은 게시판에 글을 올리고 어떤 나이트클럽에 다녔을 때 나는 B를 만났다. 우리는 일대일로 만난다. 술을 끊고 맨 정신이 된 이후로 나는 여럿이 만나는 것보다 이쪽이 더 좋다. 우리는 초밥을 먹고, 수영을 하러 가고, 벤치에 앉아 있고, AA(Alcoholics Anonymous 알코올중독자 치료협회—옮긴이) 모임에 가는 걸 좋아한다.

온라인 친구들도 있다. 나는 두 명의 여자친구, 두 명의 B들과 10년간 그룹 메시지를 이어오고 있다. B가 내 채팅창에 불쑥 등장한다. B가 메시지를 보낸다. B는 내가 이메일로 물어본

질문에 바로 답장하지 않지만 1년 된 사진에 댓글로 더 모호한 또 다른 질문에 대답한다. 나는 B의 게시글을 매일 읽지만 그와 직접 소통하는 일은 거의 없다.

나는 일자리와 도시와 집을 자주 옮겼고 영원토록 온라인으로 연락할 수 있는 B들을 축적했다. 우리는 규칙적으로 연락하며 지내지 않고, 그래서 만날 일이 생기면 몇 달 또는 몇 년 동안 우리의 삶에서 벌어진 모든 일을 업데이트하는 데 시간을 쓴다.

B는 지난주에 55시간 동안 온라인 제국 건설 게임을 했다고 내게 말했다. 그는 항구를 건설하고 사슴 가죽을 벗겼다.

B는 달걀에 대한 시 50편을 썼다고 내게 말했다.

B는 한번은 충동적으로 새 DSLR 카메라를 다리 너머 바다에 던져버렸다고 내게 말했다.

B는 자신의 어떤 가족사 때문에 그가 결혼할 마음이 없어졌는지 내게 말했다.

그리고 한 번씩 나는 내가 너에게 무슨 말을 했는지, 우리가 어느 도시에 있는지, 네가 누구를 알고, 우리에게는 어떤 접점이 있는지 잊어버려.

나는 B의 21층 아파트 발코니에 서서 런던을 내려다본다. 처음 든 생각은 별똥별이 위층 발코니에서 튕긴 담배라는 것이었다.

차 소리, 아이들 소리, 아래층의 욕지거리 소리를 듣는다. 카나리워프 지역의 고층 건물 앞 고가 선로를 지나가는 기차들을 본다. B가 3년 전 이곳으로 이사한 이후로 새 마천루들이 도시에 들어섰다. 서쪽 지평선 위의 뚜렷한 실루엣들.

해가 런던 중심가 뒤로 지고 있다. 남쪽으로 이동 중인 재갈매기가 깍깍대며 지나가고, 그다음에는 여객기가 하늘을 가른다. 나는 낮은 건물 지붕 위에 있는 비둘기를, 부서진 안테나들을, 누군가 잃어버린 공들을 내려다본다. 사람들이 일터에서 집으로 돌아오면서 조명이 켜지고 있다.

건물은 재단장이 필요하지만 깨끗하고 잘 정돈돼 있다. 로비에는 운동 수업과 예술 전시 안내문이 있다. 근처 시장은 싸서 1파운드로 과일과 채소 몇 그릇을 살 수 있다.

내 침실은 동향이다. 이 고층 아파트는 런던 도심의 동쪽 지역에 흔적을 남기는데, 우리 너머에는 도시서비스 시설들이 있다. 아마존 창고, 석유저장시설, 화물차 주차장.

나는 런던 시티 공항에서 뜨거나 내리는 비행기에 전율한다.

이 위에 있으니 아주 가까워 보인다. 비행기가 오는 소리를 듣고 플라이트 레이더 앱을 켜서 찾아본다. 이 비행기들은 밀라노 아니면 더블린발이다.

다시 런던에서 지내게 된 시간을 최대한 잘 활용하려고 노력하면서 이번 달을 보낸다. 옛 친구들을 만나고, 시 낭송회에 가고, "당장 녹색에너지를!"이라고 외치며 화이트홀 거리를 따라 기후 정의 행진에 참가한다. 기회가 되는 대로 어떤 일자리든 돈이든 가리지 않고 알아보고 있다.

수련 병원에서 일하는 한 친구가 가슴 재건 성형 교육의 모델을 해달라고 애원하니 나는 받아들인다. 병동에서 허리 위로는 아무것도 걸치지 않은 채, 가슴에 펠트펜으로 표시를 한 상태로, 남자 수련의들에게 둘러싸여 서 있다가 갑자기 어지럼증을 느끼고 기절을 하는 바람에 일어나 앉기 위해 도움을 받는다. 누군가 물 한 잔을 가져다준다. 40파운드를 벌자고 자신을 이런 상황에 몰아넣다니. 어쩌면 나는 내 생각만큼 강인하고 자유롭지 않은지도 모른다.

저기 바깥은, 거대한 도시가 환하게 불을 밝히고 아직도 차

소리로 시끄럽다. 나는 섬의 투표 결과들이 나올 때까지 자지 않을 것이다.

일주일 전 나는 우편 투표 용지를 포플러에 있는 우편함에 넣었다. 오늘 오후는 화창하고 뜨거워서 나는 자전거를 타러 나갔지만 집 생각을 했다. 카나리워프 쇼핑센터에서 나의 예스 YES 배지가 약간 환하게 빛났다. 지금은 노트북에 인터넷 창을 띄우고 어둠 속에 앉아서 스코틀랜드를 떠나기로 한 결심과, 내 미래에 대한 발언권을 갖고자 하는 욕망을 화해시키는 중이다.

얇은 안개가 내려와 더 샤드와 프림로즈 힐과 타워 햄릿을 감싸고 있다. 어둠 속에서 번쩍거리는 원 캐나다 스퀘어 꼭대기의 등이 꼭 등대 같다. 나는 저 위 북쪽의 섬들과 외딴 지역의 투표함을 싣고, 밤을 뚫고 질주하는 헬리콥터와 선박들에 대해 생각한다.

잠자리에 들 준비를 시작했지만, 스코틀랜드 독립에 대한 투표 결과가 '노NO'라고 나온 직후, 서쪽에 번쩍 섬광이 빛나며 이후 몇 시간 동안 런던에 지나갈 폭풍의 시작을 알린다. 소리가 요란해서 도시 전역의 사람들을 깨우는 바람에, 우리는 어쩔 수 없이 국민 투표 결과를 보며 깨어 있다.

새벽 3시, 며칠 전에 가입한 데이팅 웹사이트에서 난데없이 메시지가 폭주한다. 우리 모두 폭풍과 정치 때문에 잠들지 못하고 일어나 침대에 앉아서, 불현듯 외롭다는 사실을 깨닫는다. 우리는 핸드폰을 향해, 서로를 향해 손을 뻗는다.

전국의 결과가 '노'라는 게 점점 분명해지면서 폭풍이 포효한다. 폭풍은 이 고층 아파트를 지나 동쪽으로 이동한다. 나는 발코니에 서서 밖을 내다보며, 갑작스러운 폭우 속에서 도시의 막강한 전도체가 된 기분을 느낀다.

나는 잠들려고 노력한다. 이 고층 아파트의 쓰레기 활송장치 안에서 바람이 덜컹거린다. 내 위로는, 사람으로 이루어진 5층이 더 있다. 내 밑으로는, 20개가 넘는 층이 있고, 그 밑에는 지하실과 지하철 선로와 기차 터널이 숭숭 뚫린 지구가 있다. 와이파이 네트워크의 개수가 한 화면에 다 담기지 않는다.

10월 1일, 나는 베를린행 편도 비행기에 오를 것이다. 외로움을 동기 삼아, 나는 가야 한다. 나는 이 이야기의 가장 중요한 부분이 분명 그다음에 나올 거라고 생각한다.

뿔까마귀

10월

사냥꾼의 달 Hunter's Moon

쇠네펠트 공항에 도착하니 활주로에서 뿔까마귀 떼가 법석을 떨고 있다. 고향 섬에서는 흔한 새지만 영국의 다른 장소에서는 본 적이 없었다. 뿔까마귀들은 섬의 항구 마을 지붕 위에 있었는데, 지금은 여기 베를린에서 나를 맞이한다. 뿔까마귀를 보니 집에 온 것만 같다.

스코틀랜드에서는 이 새들을 '후디'라고 부른다. 독일어로는 '네벨크레헤Nebelkrähe(안개까마귀)'다. 런던에서는 까마귀가 모두 검은색이다. 잉글랜드와 스코틀랜드 남부에서 발견되는 이 까마귀들은 송장까마귀*Corvus corone*다. 하지만 겨울에 더 춥고 위도가 높은 스코틀랜드 북부, 스칸디나비아, 중부와 동부 유럽 같은 곳에서는 까마귀들이 회색 조끼를 입고 있는데, 이 새들이 뿔까마귀*Corvus cornix*다. 둘 다 비슷하게 '크라아 크라아' 하고 울지만 뿔까마귀는 무리로 다니는 모습이 더 자주 발견된다. 베를린과 나의 섬은 모두 뿔까마귀 서식 범위 안에 들어 있으며 이 범위는 노르웨이와 폴란드 너머 더 황량하고 인구밀도가 낮은 지역으로 이어진다.

송장까마귀와 뿔까마귀의 서식 범위는 '잡종지대'라고 하는 곳에서 중첩되어, 여기에는 두 종이 모두 있다. 잡종지대는 느리게 북서쪽으로 움직이고 있는데, 이는 기후변화의 신호다. 기온이 상승하면서 많은 종의 새와 곤충이 극지방과 산비탈 위로 이동하는 경향을 보이고 있다.

나는 '후디의 영역'인 북쪽의 장소들에 끌린다. 기후가 온난해지면서 점점 더 북쪽으로 밀려 올라가 좁아진 이 지역들은 내가 가보고 싶은 곳들이다.

베를린에서는 어딜 가든 계속 후디를 본다. 까마귀는 보통 인기가 없는 새지만 그 집념과 지능은 존경받아야 마땅하다.

까마귀는 자기 영역에서 무슨 일이 벌어지는지를 알기 때문에, 그들의 행동은 종종 맹금류 같은 다른 대상들이 존재함을 내게 일깨운다. 까마귀들이 소란을 피우고 있다면 나는 독수리나, 황조롱이나 심지어는 참매가 근처에 있을 수 있다는 것을 안다.

탐조birdwatching는 스크린 피로감의 이상적인 처방책이다. 우리 눈은 핸드폰과 컴퓨터를 가까이 바라보느라 혹사당한다. 원시 시력은 잘 사용되지 않아서 흐릿하다. 멀리 있는 수평선이나 줄지어 선 나무들을 훑으며 시간을 보내다보면 내 눈에 변화가 일어나고, 어느 정도 시간이 지나면 시야가 또렷해진 기분이 든다. 사물이 더 분명하게 보인다. 나는 눈을 날카롭게 다듬으며 정신을 차리고 있다.

초행자를 위한 베를린 안내

11월

사냥꾼의 달 Hunter's Moon

베를린은 항상 조금 늦게 도착했다는 느낌이 드는 곳이다.
5년 전에 그런 일이 실제로 일어나곤 했었다고 사람들은 말한
다. 나는 10년 전에 베를린에 일주일 동안 머문 적이 있었다.
우리는 자전거를 탔고, 친구의 친구들의 널따랗고 비현실적인
아파트에서 밤을 지새웠는데, 그 친구들은 아이스크림을 팔며
파트 타임으로만 일을 했는데도 그런 아파트의 임대료를 낼 수
있었다.

나는 도시로 돌아오고 싶었다. 나는 아직 끝나지 않았으므로. 주사위를 한 번 더 던지고 싶다. 고향 사람들은 우리의 작은 섬이 가장 살기 좋은 곳이라고 확신하는 것 같다. 다른 곳에선 살아본 적도 없으면서. 내가 이곳에 있는 또 다른 이유는 가망 없는 짝사랑을 극복할 좋은 방법은 다른 나라로 옮겨 가는 것이기 때문이다. 가망 없는 짝사랑에 빠질 새로운 사람들이 있는 곳으로.

특별한 이유가 있어서 베를린을 선택한 건 아니었다. 일자리, 학업, 연인 때문도 아니다. 그저 변화를 위해 이곳에 왔다. 이곳에 있는 한 사람을 안다. 나는 런던 시절의 지인이었던 그 사람 앞에서 발작을 일으킨 적이 있다. 그가 나에게 베를린으로 오라고 했다. 편도 비행기표와 임시로 지낼 곳을 예약했다. 누가 됐든 베를린에서 따라다니거나, 조언을 구하거나, 만날 수 있는 사람의 연락처를 트위터에서 구하며 온라인으로 친구를 애걸했다. 듀오링고에 가입했다.

새로운 도시에서는 자신의 정체성을 마음껏 창조할 수 있다. 나는 아직 20대인 것처럼 굴고 싶다. 어쩌면 코에 피어싱을 하고 머리를 언더컷으로 자르고, 다자연애를 시작하고, 조각을 할지도 모르겠다. 나는 내가 생각하는 베를린 스타일에 끌린다.

냉전시대를 거친 카바레, 자전거, 미니멀한 테크노 음악, 검은 옷들.

일자리를 얻기 전 몇 달간 버틸 돈은 충분하다. 전에는 한 번도 경험해보지 못했던 자유로운 상태. 하지만 긴장을 늦추지 말고 가난하게 살아야 한다. 당신이 가난하다면 베를린은 대부분의 다른 어떤 곳보다도 지내기 좋은 곳이다. 내가 가진 옷들이 꾀죄죄한 것은 내가 빈털터리 예술가이기 때문이다. 그렇게 보이고 싶어서 그런 게 아니라.

나는 빵칼로 내 엄지손가락 지문을 얇게 떠내. 나는 독일 전화번호를 구하고 있어.

도착한 첫날 밤, 혼자 터키 식당에서 밥을 먹고, 지나가는 매력적인 남자들을 구경하고, 내가 올바른 결정을 내렸다고 생각한다. 이곳에서 로맨스에 빠질 기회가 섬에서보다 더 많을 거라고 계산한다.

베를린을 탐험하는 첫날, 나는 카페에서 독일어로 주문하려고 하고 그들은 영어로 대답한다. 그 후로 다시는 시도하지 않는다. 사람들은 내게 독일어가 배우기 쉽다고도 하고 어렵다고도 했다. 사람들은 내게 여기서는 생활비가 적게 든다고 말해놓고, 임대료가 너무 비싸다고 불평했다. 베를린 사람들은 느긋한데 고집이 있다고, 개방적인데 무심하다는 말을 들었다. 나는 내가 어디에 있는 건지 잘 모르겠다.

베를린의 지하수위가 비정상적으로 높다는 건 안다. 이 도시는 가라앉고 움직이는 땅 위에, 상승하는 지하수 위에 지어졌다. 나는 콘크리트 덩어리를 보려고 걷는다. 슈버벨라스퉁스쾨르퍼Schwerbelastungskörper, '무거운 하중체', 히틀러 정권이 그 덩어리가 습지 많은 불안정한 베를린의 땅에 얼마나 많이 가라앉는지 시험하려고 1941년에 만든 거대한 12톤짜리 원통형 콘크리트.

첫 달에는 이 도시의 남동쪽에 있는 노이쾰른의 한 아파트에서 방 하나를 빌린다. 베를린에서 가장 다문화적이고, 가장 가난한 지역 중 하나다. 방에는 이층침대가 있어서 나는 천장 가까이서 잠을 잔다. 집주인도 여기 산다. 그 사람은 항상 거기, 식물로 가득한 옆방에 있다.

처음 몇 주 동안은 계획도 친구도 없다. 나의 하루를 의미 있게 채우려고 노력하며 여기에 온 게 잘한 짓인지 생각한다. 예기치 못한 것을 받아들이려고, 마법 같은 일이 생길 수 있는 공간을 내주려고 노력 중이다. 이 도시의 역사에 대한 책을 읽는다. 낯선 언어에 둘러싸인 채 몇 킬로미터씩 걸으면서 구멍가게의 새로운 과자들을 탐색하고 사람들을 구경한다. 이곳의 일상생활에는 정확성, 규율, 질서 같은 독일에 대한 고정관념과는 어긋나는, 느긋하고 편안한 공동체적 분위기가 있다. 이 도시에는 사람들이 이방인이 되지 않고 오래 시간을 보낼 수 있는 공공장소—공원, 인도, 광장, 천변—가 풍부하다. 멀쩡한 직장이 없는 사람이 지내기 좋은 곳이다.

종종 이 자유—이 책임의 부재—는 나에게 자산이다. 이 가벼움. 이때 나는 나를 잘 간수할 수 있고, 이기적이고 즉흥적일 수 있다. 하지만, 아, 하루가 길고, 입술이 풀로 붙어버린 것 같고, 오래 말을 하지 않아서 내가 존재하기는 하는지도 잘 모르겠을 때, 외로움이 심하게 무르익어버렸다고 너무 자주 걱정한다. 그래서 나는 나를 무겁게 짓눌러줄 무언가 아니면 누군가를 찾고 있다.

우리는 바다에서 멀리 떨어져 있어. 여기서는 자전거가 녹슬지 않아. 나는 불안하고 말이 없어.

함께 알고 있는 친구들이 연결해준 낯선 사람들을 만나기 시작한다.

영국인 B는 독일에서는 학비가 들지 않는다는 점을 이용해서 석사학위를 따려고 공부하는 중이다. 그의 숱한 친구들처럼 파트 타임으로, 사라진 배달 음식을 추적하는 상담 전화 서비스 센터에서 일한다.

미국인 B는 보모 일자리를 얻었고 어린아이들에게 독일어를 배우는 중이다.

B는 매주 총회를 열어 빵과 청소에 대해 논의하는 커다란 마르크스주의 셰어 하우스에 산다.

B는 DJ가 되려고 이곳에 왔지만 최근에는 클럽에서 보내는 시간을 줄이고 대신 인생 상담사가 되는 교육에 더 많은 시간을 쓴다.

나는 B가 언급했던 카페 근처에 와서 B에게 연락한다. 그는 그곳에 없었지만 친절하게, 다음에 곧 만나자고 한다. 전화를 끊었을 때, 나는 울고 있는 나에게 놀란다. 무심한 듯 행동했지만 그건 나한테 많은 걸 의미한다. 새로운 우정을 구하는 일은 어렵다. 내 심장과 미래는 단 한 번의 오후에, 또는 받아들여진 초대에 좌우될 수 있다. 하지만 아무 소득이 없을 때가 더 많다. 위가 뒤틀린다. 나는 아주 열려 있고 나의 희망은 너무 오랫동안 공중에 떠 있었지만 얼마나 오래 버틸 수 있는지는 모른다.

훌륭한 팔라펠 가게를 발견한다. 그곳에서 오렌지색 태양이 오라니엔 거리 너머로 지는 풍경을 볼 수 있다. 바깥에 앉아서 곧 다가올 겨울을 느낀다. 길 건너 도로 끝에 있는 한 모스크가 분주하다. U1(지하철1호선)열차가 지나가면서 재떨이 속 재를 날린다. 나는 다리 밑에 있는 펑크족들을 관찰한다.

낯선 여자가 걸어간다. 지금까지 이 여자를 몇 번 본 적이 있다. 여자는 자기 몸을 천으로 꽁꽁 감싸고 있다. 온통 천으로 싸여 있다.

나는 우주 업데이트를 확인한다. 오늘 나사 우주선 한 대가 9년에 걸친 여정 끝에 처음으로 명왕성에 닿았다. 지구에서 50억 마일을 날아갔다. 이 근접 비행에서 얻은 사진과 정보로 명왕성이 다시 행성의 반열에 오를 수 있을 것이다. 이런 생각에 차분해진 나는 명왕성의 달의 이름들을 읽는다. 카론, 스틱스, 닉스, 케르베로스, 히드라. 태양계는 꾸준히 돌아간다. 광대한 규모의 시공간 속에서 우리 모두를 안전하게 제자리에 있게 하는 천체 역학.

긴 산책을 나선다. 거미줄 무늬 치마에 빨간 스웨이드 가방을 메고, 노이쾰른을 지나, 크로이츠베르크를 지나, 미테를 지나. 지나치며 듣는 대화 아홉 중 하나가 영어다.

이상하게도, 오후에 문이 열린 나이트클럽으로 향한다. 나는 안으로 들어가고, 아무도 나를 막아서지 않고, 잠시 디스코볼 아래서 혼자 춤을 춘다.

공식적인 주민이 되고 거기에 맞춰 취업이 가능한 증서를 얻기 위해 동네 동사무소에 등록을 한다. 내가 영국인이라고, EU 소속이라고 말하자 전혀 문제가 없다. (스코틀랜드 독립 투표 무산은 2014년, 영국의 EU 탈퇴 국민투표는 2016년, 공식탈퇴는 2020년이다―옮긴이)

여행 중인 미국 직장인들로 가득한, 영어를 사용하는 AA 모임에 간다. 이들의 '바닥' 중 어떤 것은 어느 영국 동네의 평범한 밤보다 더 가혹하지는 않은 것 같다. 나는 여기서 어쩌면 친구를 사귈 수 있을지도 모른다고 생각했지만, 이상한 사람들도 있다는 걸 알게 된다. 이 사람들은 한 주에 모임 다섯 개에 나가고 어떤 초청 연사가 마치 팝스타라도 되는 것처럼 말한다.

겨우 한 번밖에 못 봤지만 나는 종종 고래 꿈을 꿔.

음악 학교에서 열리는 콘서트 초대장을 받는다. 늦게 도착해서 계단에 앉았더니 잘 들리지 않아서, 음악과 잘 연결되지가 않아서 일찍 자리를 뜬다. 내가 거기 있었다는 걸 아는 사람은 아무도 없다. 나는 이 도시에서 종종 그런 기분을 느낀다. 연결이 끊어지고, 불필요하고, 무게감이 없는 사람이 된 것 같다고.

집에 가는 길, 나는 라쿤털 모자를 쓴 한 남자, 금발 머리를 짧게 자른 베르크하인 패션의 고트족, 통화 중인 젊은 커플, 머리에 스카프를 두르고 돈을 구걸하는 한 여자, 미국 관광객들, 사드 후작의 책을 읽고 있는 코 피어싱을 한 아름다운 소녀와 함께 U-반Bahn 객차에 몸을 싣는다.

이층침대로 돌아온 나는 가벼운 텔레비전 프로그램을 시청하면서 나 자신을 잊으려 한다. 집주인이 나에게 억하심정이 있다는 느낌, 남는 방을 세놓을 수밖에 없다는 데 억울한 마음을 품고 있다는 느낌이 점점 커진다. 그는 내게 자기가 개인 트레이너라고 말했지만 나는 그 사람이 일하러 가는 걸 한 번도 본 적이 없다. 그가 나를 무책임하고 돈 많은 사람으로 여긴다는 걸 알 수 있지만, 여러모로 그가 옳을 수도 있다. 화장실에는 자물쇠가 없다. 나는 내가 외출했을 때 그 사람이 내 방에 들어온다는 걸 알고 있다.

어느 날 수영을 하러 나가서, 육중한 탈의실 문을 잠갔더니 순식간에 긴장이 풀어지며 내가 그동안 얼마나 불안해했는지를 깨닫는다. 그 아파트를 곧 떠난다─있기로 한 한 달이 다 되어간다─는 사실이 기쁘다. 이 도시의 재미없는 쪽─옛 동쪽보다는 옛 서쪽─에 있는 같은 이름의 거리에 새 집을 알아보러 나선다.

나는 뉴질랜드 화산의 웹캠을 보고 있어. 중국을 자전거로 횡단하는 남자에게 이메일을 보내고 있지. 너의 시간대에서는 날씨가 어때? 인터넷의 기상 시스템에 대해 말해줘.

나는 크레이그리스트를 통해 11월에 혼자 지낼 수 있는 작은 전대sublet 아파트를 발견한다. 이 집을 빌려 살던 예술가는 미국의 레지던시에 갈 것이다. 탈의용 가림막과, 보석 원석 컬렉션과, 샤워기만 빼고 모든 게 다 있는 욕실을 갖춘, 여성스럽고 아름답게 장식한 손바닥만 한 침실 한 개짜리 집이다. 예술가는 소지품을 대부분 남겨두었고 나는 한 달간 마치 그 여자 행세를 하듯 살게 될 것이다. 내가 거대하고 서툰 사람이 된 기분이면서도 여기 있으니 행복하다.

위층에는 나이 든 여자가 혼자 산다. 여자가 문을 두드리고 세탁기를 좀 쓰게 해달라고 하더니, 거대한 옷 무더기를 가지고 내려와서 세탁기를 가득 채운다. 빨래 때문만이 아니라 나는 그가 함께 있을 사람을 원하는 것이라고 생각한다. 여자의 영어는 알아듣기 힘들고, 나는 그가 자신의 슬픈 인생담을 들려주고 있다고 생각하다가 비지스의 노래 '비극Tragedy' 가사를 읊조리고 있다는 걸 어느 순간 깨닫는다. 그는 이 지역의 숱한 변화를 모두 겪은, 지금은 보기 드문 옛 크로이츠베르크 주민이다. 다른 시대의 스카프와 치마를 두른 그 여자는 60대쯤 될 것 같다. 그에게 문을 열어주는 게 조금 두렵고, 안으로 들이기가 걱정된다. 얼마나 오래 머물지 알 수가 없어서.

늦은 밤, 슈페티 밖에서 얼큰하게 취한 여자가 맥주 한 병을 들고 자기 나이의 3분의 1쯤 되는 남자들과 같이 있는 모습을 가끔 본다. 그 여자에게는 저세상의 분위기와 습관성 술꾼의 시큼한 냄새가 있다. 어쩌면 나를 불안하게 만든 것은 여자가 또 다른 미래의 유령이라는 점인지 모른다.

나는 항상 '당분간'이라고 말한다. '나'는 '당장은', 또는 '당분간은' 베를린에서 살고 있어. 모든 게 일시적이고, 접근하기 쉽고, 순간적이다.

내가 잠들었나? 아니면 그냥 오프라인이 된 건가? 꿈에서 내
가 너한테 문자를 보냈어. 가끔은 내 몸을 잘라내기 해서 붙
여넣기 할 수 있을 것만 같아. 이 도시의 소시지 냄새와 꽃가
루를 복사해서 너에게 보내고 싶어. 나는 타이핑을 하려고
해, 그런데 네가 답장을 하면 나는 네 손가락을 터치스크린
으로 느낄 수 있어.

디지털 노마드와 유령

12월

차가운 달Cold Moon

지난여름, 디지털 유령을 봤다. 동트는 이른 시간, 섬에 있는 신석기시대의 환상 열석(원형을 이루며 줄지어 서 있는 거대한 바위들—옮긴이) 근처를 산책 중이었다. 핸드폰을 들고 일출을 등지고 선 돌들의 사진을 찍으려고 하는데, 카메라 화면에서 검은 형체가 돌들 가운데에 있는 야생화 히스를 가로질러 움직이고 있었다. 하지만 내가 핸드폰에서 눈을 뗐을 때 그 형체는 거기 없었다. 인터넷이 되는 내 핸드폰의 화면에서, 디지털상으로만 존재했던 것 같은 기분이었다.

　독일어로 '반더야어Wanderjahr(여행자의 해)는 장인이 되기 위한 도제 기간을 마치고 난 뒤 여행을 떠나는 전통을 일컫는다. 올해, 나는 노마드 시기에 들어간다. 여러 장소에서 살면서, 멀리 떨어진 고용인을 위해 일하고, 통신 기술을 활용해서 한 일터에 묶이지 않고 여기저기 떠돌 계획이다.

　수년간 잦은 이사를 했다. 나의 아마존 계정에는 지난 10년 동안 택배를 배송받은 20여 개의 주소—집과 일터—가 뜬다. 하지만 이메일 주소는 똑같이 유지했다. 많은 면에서 인터넷은 나의 가장 안정된 집이다.

　나는 낯선 이의 책과 그림에 둘러싸여, 그 사람의 식용유와 와이파이를 쓰며, 그 사람의 침대에서 잠을 잔다. 이 집을 나갈 때는 집을 깨끗하게 청소하고 새 화장실 휴지를 사다놓고 흔적을 남기지 않을 것이다. 이것이 빌린 집을 다시 빌려 사는 생활이다. 매달 우리는 이곳저곳으로 몸을 옮긴다. 빌린 집을 또 빌려 사는 삶에는 다양한 수준의 형식을 갖춘 여러 층위가 있다. 세입자는 새로운 어딘가로 계속 옮겨다니면서도 돌아올 여지를 항상 남겨둔다.

'디지털 노마드'(노트북 등을 이용해서 장소에 구애받지 않고 업무를 볼 수 있는 직종의 사람들—옮긴이)가 자기 소지품을 팔고 —또는 한없이 유예되는 '정착'의 날에 되찾겠다는 심산으로, 창고 시설이나 부모님 집의 다락에 짐을 넣어두고— 철 따라 자유롭게 돌아다닐 수 있다는 건 그냥 꿈, 상상일 뿐이다. 당신의 모든 책과 음악과 사진은 디지털로 저장된다. 주택 담보 대출이나 아이에게 거추장스럽게 얽매이지 않은 나는, 이 자유와 저가 항공을 이용해 EU 안에서 이동하고 일한다.

이곳 베를린에는 영어를 쓰는 이민자, 또는 이들이 자주 쓰는 표현에 따르면 '국외 거주자'가 4만 명 있다. 미국인과 캐나다인들은 독일에서 '프리랜서'나 '예술가' 비자로 살 수 있다. 베를린은 수도지만 금융의 중심지가 아니고(금융 중심지는 프랑크푸르트다), 그래서 똑부러지는 분위기를 자아내는 런던이나 파리 같은 금융 지구 도시들이나, 부동산 가격을 끌어올리는 금융 노동자들이 없다. 찾아와 살았다가 버리고 떠나는 복잡한 흐름 속에서, 퇴락과 분할의 난폭한 역사는 내가 베를린에 매력을 느끼게 해준 빈 건물들과 저렴한 임대료를 만들어냈다.

이곳에서는 아일랜드인들을 많이 만난다. 터키인들과 이란인들도 만난다. 내가 제일 좋아하는 식당은 저렴한 팔라펠을 맛

깔나는 피넛소스와 함께 내는 수단 샌드위치 가게다.

디지털 노마드의 라이프 스타일은 해변의 노트북이나 일과 여가의 완전한 통합 같은 환상보다는 더 복잡하다. 그보다는 더 현실에 가깝다. 베를린에서 아파트를 빌리는 비용은 런던의 3분의 1이다. 하지만 영국 고용주들이 주는 돈이 이곳보다 더 많으니, 이 점은 아무래도 좀 아쉽다. 나는 빈털터리가 되었고, 변변한 일자리가 없었고, 수입이 될 만한 걸 미친 듯이 찾고 있다. 이 도시에서 나는 집에 돌아갈 돈이 없는 외국인, 절대로 집을 살 수 없다는 걸 깨닫고 계속 돌아다니기로 결심하는 사람들, 안정된 직장을 결코 찾을 수 없는 사람들을 만났다. 나는 빌린 집을 또 빌리는 사이사이 친구 집 소파에 묵었고, 고정된 주소가 없는 데서 비롯되는 관료주의적 문제들을 겪었다.

이 라이프 스타일에는 병가나 연금이나 안정성 같은 안전망이 전혀 없다. 그런 건 일이 틀어지면 가족에게 돌아갈 수 있는 유능한 젊은이들의 몫이다. 내가 아프거나 상황이 너무 힘들어질 경우 나는 이지젯 항공을 타고 집에 갈 것이다.

나는 브라우저 탭 하나를 열어 이 글을 쓰고 있다. 다른 탭에는 이메일, 페이스북, 트위터, 읽다 만 기사들, 반의 반 정도 본 동영상이 열려 있다. 또 다른 탭을 열고 BBC 뉴스에 들어간다. 유럽의 경계들—프랑스의 칼레와 지중해의 북부 해안에 있는—이 내가 자유롭게 돌아다닐 수 있는 나라들로 들어오려는 난민으로 북적인다. 내가 가진 특권이 무엇인지 분명해진다. 나는 여권만으로도 어떤 이들이 기회를 얻기 위해 목숨을 걸어야 하는 라이프 스타일을 누릴 수 있다.

페이스북을 클릭한다. 사람들이 새 노동당 대표 선거에 대해, 그리고 어젯밤 섬의 상공에서 보인 북극광에 대해 이야기한다. 7년 전 술집에서 같은 퀴즈팀이었던 어떤 사람의 아기 사진들을, 2020년에 내 아파트에 있는 방을 보러 왔던 누군가의 새 프로필 사진을, 인터넷 데이트 상대였던 누군가의 여자친구를, 5년 전에 같이 일했던 사람들이 올린 영감 넘치는 인용문을 본다. 소셜미디어는 과거의 삶과 장소들로 이어지는 연결고리를 계속 살려둔다. 대단히 멋지면서도 혼란스럽다. 내가 모르는 게 없다는 기분과 얇게 펼쳐져 있다는 기분이 동시에 든다. 기술은 내 마음을 강하게 만들지만 동시에 금가게 한다. 온라인으로 옛 친구들과 관계를 이어가며 시간을 보낼지, 나의 도시에서 새로운 사람들을 만나야 할지 잘 모르겠다.

B는 자신이 2년 전에 보낸 문자 메시지를 남편이 이제 막 받

았다고 말했어. 그건 그동안 어디 있었던 걸까?

이런 '전대' 또는 '프리랜서' 문화가 늘고 있다. 선택지들을 항상 열어놓고, 디지털에 의해 파편화된 상태로, 그 무엇에도 전념하지 않고, 여러 나라의 표면을 스치듯 지나가는 사람들. 크레이그리스트와 에어비앤비, 저가항공 웹사이트와 트립어드바이저에는 새로운 사회의 모습이 있다. 낮에 헬스장과 수영장에 있거나, 카페에 노트북을 열어놓고 있는, 어디서나 일을하거나, 아예 일을 하지 않는 사람들. 국제도시—런던, 레이캬비크, 멜버른, 베를린—의 쿨한 지역들을 돌아다녀보면 화폐와 시간대는 바뀌지만 사람들은 똑같다. 당신이 배우는 언어는 커피와 와이파이 비밀번호를 요청하는 법뿐이다. 우리는 우리 부모들이 자동차에 대해 이야기하듯 컴퓨터 장비와 온라인에서의 행동에 대해 이야기한다. 우리는 이런 식으로 장소를 획득한다. 나는 와이파이와 잠금장치가 있는 문만 있으면 된다.

여러모로 인터넷은 새로운 장소가 주는 이질감으로부터 나를 차단한다. 나는 핸드폰을 들여다보며, 구글맵의 안내 속에 도시를 미끄러지듯이 돌아다니고, BBC라디오를 스트리밍하고, 소셜미디어에 사진을 올리고, 단어를 찾아볼 수 있다. 독일은 나와 거의 접촉할 일이 없다. 하지만 핸드폰 배터리가 나가면 나는 글씨를 읽을 수 없거나 내 위치를 알지 못해서 길을 잃는다.

우리는 헤드폰을 쓰고 트위터를 스크롤하면서 세계여행을 할 수 있다. 인스타그램에서는 모든 곳이 사각형이고, 페이스북에서는 모든 곳이 피드가 된다. 모든 곳이 똑같다. 나는 모든 곳에서 스크린 불빛이 동공으로 쏟아져 들어와 나를 잠들지 못하게 하는 노트북을 펼쳐놓고 침대에 앉아 있다. 슈퍼마켓에 줄을 서서, 흡연구역에서, AA 모임에서, 여러 나라의 공항에서, 핸드폰을 들여다보며 나는 어디에든 있을 수 있고, 아무 데도 없을 수 있다.

내가 높은 창에서 리즐라(담배를 마는 종이 브랜드—옮긴이) 한 갑을 떨어뜨리니 종이들이 눈발처럼 안마당으로 펄펄 내려.

내 라이프 스타일—유연하고, 단기적이고, 그 찰나 같음을 만들어주는 바로 그 기술—은 내가 무엇에든 전념하지 않고 초연하게 지내는 것 역시 가능케 한다. 나는 닫힌 문 안쪽에서 택배를 주문하며 지낼 수 있고 클릭 몇 번이면 다음으로 넘어갈 수 있다. 나는 계속 애가 탄다. 광고를 통해, 한없는 스크롤을 통해, 내가 할 수도 있었던 선택들 때문에, 어디에도 만족하지 못하고. 모든 곳에 '데이터 그림자'를 남긴다. 내가 이메일을 보내고, 링크를 클릭하고, 물건에 돈을 지불하며 온라인 생활을 하는 동안 남긴 정보의 흔적들.

나는 사람들이 나에게 한번 만나자고 하거나, 아니면 로맨스가 잠재된 상황에서 나에게 메시지를 보낼 때, 절대 스스로를 드러내거나 확실한 계획을 세우지 않고 인칭대명사를 생략해서 ─'너 나랑 만날래?'가 아니라 '볼까?' 아니면 '만날까?'가 전부다─ 항상 나는 다른 갈 데가, 더 좋은 갈 데가 있다는 듯한 인상을 준다는 사실을 최근에 발견했다. 우리는 그게 큰 의미는 없다는 듯이 행동하는 걸 좋아하고 위험을 감수하지 않으려 한다.

새로운 도시에 가면 처음 몇 주 동안은 한 번씩 흥분하곤 한다. 내가 어디 있는지 아무도 모른다는 사실 때문에. 그러다가 미아가 된 기분이 든다. 내가 어디 있는지 아무도 모른다는 사실 때문에. 나는 의기양양함과 눈물 바람 사이에서 널을 뛴다. 하루는 섬의 지도를 창문에 붙여서 베를린의 풍경을 막아놓고 꼬불꼬불한 해안선에 심취해서 지도 위의 섬과 해안 지대를 더

듣는다. 지하철에서, 아니면 리틀 슈퍼에서 불현듯 슬퍼질 때가 있다. 나는 외로워서 섬을 떠났지만, 어쩌면 여기도 별반 다르지 않을지 모른다.

하지만 그러다가도 나는 모바일 네트워크를 통해, 서버에 있는 정보를 데이터 센터와 전화선으로 전달하는 광섬유케이블을 통해, 영국에 있는 꼬맹이 조카에게 스카이프로 말을 건넨다. 경이롭다. 저 멀리 내가 사랑하는 이들과 나를 연결시켜주는 인터넷의 물리적 인프라. 아무런 표시가 없는 건물 안에 든 철제 상자의 강력한 레이저들이 광섬유케이블을 따라 이동하는 빛을 만들어낸다. 쉽게 말해서, 인터넷은 빛의 파장으로 되어 있다.

나는 밀레니얼 세대 언저리다. 20세기가 끝나기 직전 대학에 들어갈 때까지만 해도 이메일 주소가 없었던 나는 온라인에 접속하는 순간 전율했고 헤어나지 못했다. 그건 내가 10대 시절에 섬에서 우편으로 받던 팬 잡지 네트워크의 터보 엔진 버전이었다. 나는 이내 이메일의, 그다음에는 다양한 게시판의, 그다음에는 블로그 사이트 라이브저널과 페이스북의 원형인 프랜스터와 마이페이스의 애용자가 되었다. 나는 사무직으로 일할 때 업데이트된 소식을 확인하기 위해 이런 사이트들을 오가며 제일 많은 시간을 보냈다. 그러다가 2008년 내 핸드폰 안에 인터넷이 들어왔다. 나는 학창시절보다 더 긴, 15년의 시간 동안 지나치게 온라인된 상태였다. 인터넷이라는 사차원은 내 의식의 일부이고 나의 많은 꿈들은 완전히 디지털 형식이다.

나는 요동치는 고층 건물에 있는 꿈을 자주 꿔.

크로이츠베르크에서 친구를 만나기 위해 길을 걷고 있다. 비욘세가 내 핸드폰에서, 헤드폰을 거쳐, 버퍼링 중이다. 노래의 단편들—주방에서 깨어나는 일에 대한 가사들—이 내게 마약을 들이미는 괴를리처 공원 근처의 마약상들 사이에 있는 내 귀에 꽂힌다. 디지털과 길거리가 뒤엉킨다. 나는 스코틀랜드에서 런던까지 차를 몰았고 범지구 위성 항법 시스템(위성을 이용해서 길을 찾는 시스템—옮긴이) 꿈을 꾸며 잠자리에 들었다. 나는 독일의 동쪽 숲에서 어룽지는 햇빛을 받으며 야외에서 잠들었고 인터넷에 대한 꿈을 꾸었다. 노트북이 내 침대 옆에서 깜빡이고 있을 때 나는 별똥별 꿈을 꾼다.

환상 열석 안에 픽셀로만 존재했던, 영원히 온라인에서 헤어나지 못하는 저주를 받은, 나의 디지털 유령에 대해 생각한다. 디지털 오류였을까? 아니면 빛의 장난? 영적인 세계와 접촉하기 위해 기술을 사용하던 역사가 있다. 둥글게 줄지어 놓인 선돌들, 그리고 그것들을 옮기고 세우는 데 사용된 방법들은 신석기시대 사람들에게는 가장 발전된 형태의 '기술'이었다. 5천 년간 이 곳은 섬의 심장부에 있는 중요한 장소였고 우리는 그것이 더 이상 쓸모가 없다는 오해를 해왔다.

우리 디지털 노마드들은 실체가 없고, 부평초 같고, 종종 창백하고, 야행성이며, 온라인에서 더 많이 살아간다. 내 핸드폰 화면이 마치 거울 같은 반사면이라는 생각이 스친다. 어쩌면 그 디지털 유령은 나 자신의 모습이었을지도.

맹금

1월

늑대의 달 Wolf Moon

밤의 유흥으로 이름난 도시에서 나는 아침 일찍 맹금을 찾고 있다. 일요일 아침, 테크노 클럽이 아직 영업을 하고 있는 동안 나는 푹 자고 일어나 쌍안경을 챙겨 자전거를 타고 밖으로 나간다. 택시나 U-반 열차에서 내려, 파티에서 아니면 심야 근무를 마치고 집으로 돌아가는 사람들과 거리에서 스친다. 작업복 차림에 손이 지저분한, 천진한 소녀 둘이 팔짱을 끼고 걷고 있다. 나는 하우스 파티에서 흘러나오는 음악 소리와 목소리를 들으며 자전거를 타고 지나간다.

간밤은 추웠고 옛 공항 부지에 조성된 거대한 공원인 템펠호프펠트에는 풀이 서리를 덮어썼다. 떠오르는 해가 공항 터미널 건물—유럽에서 가장 거대한 구조물 중 하나—의 창에서 반짝이고, 만물이 흑백 톤인 가운데 하늘이 활주로 표지와 똑같은 분홍빛으로 물든다. 내 콧속에 냉기가 차고 열차, 자동차, 뿔까마귀 소리가 들린다. 핸드폰으로 사진을 찍으려고 장갑을 벗는데 손가락이 말을 잘 안 듣는다. 데이팅 사이트에서 잠을 자지 않는 남자들이 보낸 메시지들로 내 핸드폰이 울려대지만, 지금 내가 찾고 있는 건 그들이 아니다.

최근 내 이메일에 이상한 일이 벌어지고 있다. 마이크로소프트 위치 설정을 '독일'로 바꿔놓았더니 이제 핫메일이 알아서 내 이메일들을 영어로 번역한다. 이미 영어로 되어 있는데도 말이다. 영어는 내 모국어인데, 독일어를 통해 걸러진 다음 다시 영어로 돌아온다. 알고리즘은 자기가 제일 잘 안다고 생각한다. 내 마음속에서도 똑같은 일이 일어나고 있다. 나는 내가 만나는 독일 사람들의 눈으로 나의 영국인스러움을 보기 시작하고, 독일인들이 영어 원어민에게 기대하고 희망할 법한 대로, 더 또박또박 말한다.

사람들이 우체국에서, 완구점에서, 지하철에서 나에게 독일어로 말을 걸기 시작하니, 그 말을 이해하지 못하는 나는 말문이 막힌 채 스트레스를 받는다. 독일어 집중 초급 과정에 등록해서 매일 아침 세 시간짜리 수업을 듣고 매일 밤 숙제를 한다. 친근한 분위기의 어학원에서 내가 속한 반에는 미국인 세 명, 영국인 두 명, 호주인 한 명, 가나인 한 명, 이스라엘인 한 명이 있다. 몇 달 동안 주로 고독감 속에 살다가 규칙적으로 다른 사람들과 테이블에 둘러 앉으니 건강해진 듯 기분이 좋다. 새 단어와 문법과 시제를 조금 알게 되었을 뿐만 아니라 베를린에서 보내는 내 시간에도 어느 정도 틀이 잡히고 있다. 우리는 '대시dash'라고 부르는 구두법 기호를 가리키는 독일어를 배운다. '게당켄슈트리히der Gedankenstrich'는 '생각 멈춤'이라는 뜻이다.

B는 8년 전 자신이 이곳에 왔을 때만 해도 독일어를 못 하면 지금보다 더 불편했다고 내게 말했다. 이제는 영어가 점점 어디서든 눈에 띄는 듯하다. 나는 온라인에서 그걸 확인한다. 독일 친구들은 소셜미디어에서 팔로워를 늘리려고, 더 많은 사람들이 이해할 수 있게 종종 영어로 글을 올린다.

매일 아침 내가 사는 아파트에서 어학원까지 노이쾰른을 가로질러 10분 정도 걸어간다. 구식 빵집에 들러 커피를 마시며 하루 치 숙제를 한다. 내가 만들어낸 유쾌한 하루 일과다. 난 어디든 갈 수 있었지만, 여기서 이 몇 안 되는 길 모퉁이들과, 이 언어를 익히며, 나 자신을 매어두려 하고 있다. 더 따뜻한 어딘가, 다른 어딘가로 떠날 생각을 한다. 가슴속 소용돌이가 나를 헤집고, 다른 장소들이 나를 끌어당기는데, 너무나도 가볍게 느껴지는 이런 몸으로 이곳에서 삶을 꾸려나갈 수 있을까? 이 마법 같은 날들은 배움과 변화로 이루어져 있어서, 마치 지각 변동처럼 느껴진다. 6주 만에 나는 여러 친구를 만들었고, 계속 외로웠고, 새로운 아이디어를 얻었다.

B는 베를린이 모순적인 도시라고, 그래서 베를린을 좋아한다고 말한다. 아주 느리게 흘러가지만 아주 빨리 변한다고. 이곳 사람들은 진이 빠져 있는 동시에 열정적이라는 말도 한다. 내가 실마리를 찾지 못하자 의미가 바뀐다. B는 이 도시가 자신의 감각에 폭력을 가했다고 말하지만, 불가해의 밀실에 갇혀 있는 나는 정반대라고, 거리가 온화하고 기이할 정도로 바람이 없다고 생각한다.

박식한 옛 친구 B는 매를 보기 가장 좋은 시간은 새벽과 저녁의 어스름이라고 내게 말한다. "나무를 등지고 서서 네 형체를 없애버려"라고 그는 조언한다. 공원에 온 지 몇 분 안 되어 큰 맹금 한 마리가 나무에서 새된 소리를 내며 뿔까마귀들을 공포로 몰아넣고 공기에 팽팽한 긴장감을 불어넣어 기류를 바꾼다. 나는 '오, 와' 소리를 내며 다가간다. 맹금이 기둥에 내려 앉았다가 —나는 더 자세히 보려고 쌍안경을 조물락댄다— 다시 숲을 향해 날아가더니 사라진다. 나는 초보 탐조인이어서 그게 무슨 종이었는지는 확신이 없지만, 집에 와서 그 울음소리를 온라인에 녹음된 소리와 비교한다. 그렇다. 그건 내가 보고 싶어하던 새, 참매였다.

어쩌다가 베를린에 왔는지는 똑부러지게 설명할 수 없지만 나는 새로운 경험과 영감과 사랑을 찾고 있다. 패턴을 찾고 있다. 새가 아니라, 사람 때문에 왔지만, 놀랍게도 100쌍 정도의 참매(독일어로는 der Habicht 또는 der Hühnerhabicht라고 하는데, 직역하면 영어의 '구스호크'라기보다 '치킨호크'다)가 베를린시에서 알을 낳고 살아간다는 말을 들었다. 북반구의 참매 *Accipiter gentilis*는 대부분의 장소에서 보기 힘들기로 악명 높고, 숲에서만 언뜻 스칠 뿐이다. 영국에서는 19세기 말에 참매를 유해조수라고 생각한 사람들에게 박해를 받아서 멸종되었다. 1970년대부터 매잡이들이 다시 들여온 참매들이 포획되었다가 도망친 다른 새들과 알을 낳아서 이제 영국에는 450쌍 정도가 있다.

이곳 베를린에서는, 나 같은 초보 탐조인들도 참매를 어렵지 않게 볼 수 있다는 사실에 나는 흥분을 감추지 못한다. 무엇을 봐야 할지 또는 무슨 소리를 들어야 할지 알고 있으면, 노천카페에서, 심지어는 수영장에서도 볼 수 있다는 말을 들었다. 지난 30년 동안 참매는 먹이가 풍부한 베를린에서 무럭무럭 번식했다. 주로 비둘기를, 또는 까마귀와 까치 같은 다른 새들과, 작은 쥐와 다람쥐 같은 포유류들을 사냥하고 먹는다. 이제는 사람들에게 박해당하지 않는다.

참매는 나무에서 생활하는 동물인데, 베를린은 유럽에서 가장 나무가 많은 도시 중 한 곳이다. 도로 1킬로미터당 평균 80그루의 나무가 줄지어 서 있고, 굶주린 베를린 사람들이 장작으로 쓰려고 나무를 잘라냈던 제2차 세계대전 이후, 공원과 묘지에서 나무들이 다시 자랐다. 다른 몇몇 도시에서도 참매가 발견되지만, 세계의 어떤 도시나 농촌보다도 밀도 높은 참매의 영역이 베를린에 있다.

이 도시에서 지낸 지 며칠 안 됐을 때 나는 마우어파크 벼룩시장에서 좀 낡았지만 멀쩡한 쌍안경을 샀다. 이제까지 베를린에서 지내는 동안의 방값과 공항에서 타고 온 택시비를 빼면 가장 큰 지출이었다. 나는 행복하지만 종종 길을 잃고, 한 번씩 휘청대며 향수병에 시달린다. 핸드폰 지도를 길잡이 삼아 이 낯선 도시를 홀로 부유하며 많이도 걸었다. 쌍안경은 내가 도망칠 수 있게 해줄 완벽한 물건이다. 내가 찾는 것은 잡기 힘들고, 멀리 있고, 빠르게 지나가므로, 항상 준비가 필요하다.

한때 너에게 슬픔이 있었다면, 상황이 나아진 지 한참 뒤에도 그 슬픔은 그림자를 드리울 거야. 어둠은 위협적으로, 동시에 선명한 대비를 이루며, 가장자리에서 나부끼곤 해.

참매는 독수리처럼 날아오르기보다는, 기둥에 앉아서 많은 시간을 보내는 편이고, 그래서 눈에 잘 안 띌 수도 있다. 참매가 근처 어딘가에 앉아 있다는 걸 알려주는 유용한 지표는 나무에서 떼 지어 무언가를 공격하고 있는 까마귀와 갈매기들이다. B는 내게 날개가 넓고 꼬리가 긴 아주 큰 어떤 새를 찾아보라고 한 다음, 그 눈에 띄는 튼튼한 가슴에 대하여, 그리고 먹이를 추격할 때 그들이 얼마나 빠르고 낮게 비행하는지에 대하여 설명했다.

11월에 템펠호프펠트로 매를 보러 나가기 시작한다. 넓게 탁 트인 공원 너머 저 멀리 나무와, 열차 선로와, 아파트 단지와 거대한 터미널 건물이 늘어서 있다. 이 펠트(독일어로 들판이라는 뜻—옮긴이) 또는 들판은 초창기 비행 실험을 하던 곳이었다. 1920년대에 최초의 공항이 이 지역에 들어섰다. 지금의 건물은 나치가 새로운 세계수도를 건설하는 게르마니아 프로젝트의 일환으로 지었다. 거대하고, 곡선으로 휘어져 있고, 대칭적인, 건설 당시 세계에서 가장 큰 건물이었다. 지하에는 공습 및 가스 공격 대피소 400개가 있다.

전쟁이 끝나고 난 뒤, 베를린 봉쇄로 서베를린이 비행기로 물자를 공급받던 1948년과 1949년, 템펠호프는 이 물자 공수의 현장이었다. 냉전 종식 이후, 그리고 독일 통일 이후, 이곳은 베를린시의 주요 민간 공항으로 사용되었다. 2008년 마지막 비행기가 템펠호프에서 이륙했다. 이 장소를 개발하려는 여러 계획이 있었지만 국민투표를 통해 10년간 이 공원에 아무것도 짓지 않는다는 결정이 내려졌다. 지금은 대중에게, 그리고 야생동물에게 개방되어 있다. 비행기가 떠나자 새들이 돌아왔다. 잽싼 날개들은 아직도 활주로에서 하강한다.

이베이에서 70유로짜리 자전거를 결제하고, 트렙타워 공원에서 가까운 현대적인 고층 건물에서 받아왔다. B는 내가 한 해 중 이 추운 시기에 베를린에서 자전거를 타기 시작하다니 용감하다고 말하지만, 자전거에 오르는 순간 나는 이게 올바른 결정이라는 걸 알고, 활짝 열린 이 도시의 전율을 몇 년 만에 처음으로 느낀다. 찬 공기 속에서 손가락이 얼얼하고, 머리에는 새로 배운 독일어 어휘들과 오늘 저녁과 주말의 계획이 가득한 채로, 잊고 지내던 허벅지 근육들을 사용한다. 검은 운하를 향해 페달을 밟는 동안 이 모든 것이 위태롭게 균형을 잡는다.

나는 매일 자전거를 타고, 울퉁불퉁한 두 줄의 돌들로 표시된 베를린 장벽이 있던 자리를 다섯 번 가로지른다. 서쪽으로, 동쪽으로, 다시 서쪽으로, 다시 동쪽으로, 그리고 다시 서쪽으로. 점차, 내가 이해하는 독일 사람들의 대화가 늘어나고, 내가 지나치는 과자 매대와 꽃 가게의 냄새에 익숙해진다. 동베를린은 서유럽 도시들보다 더 침침하다. 이쪽 베를린은 가로등이 아직도 전기등이 아니라 가스등이기 때문이다. 밤에 찍은 베를린 위성 사진에는 동서의 차이가 분명하게 눈에 들어온다. 서쪽은 밝은 노란색, 동쪽은 따뜻한 오렌지색.

친구 B와 나는 매 탐조 자전거 팀을 꾸린다. 우리는 동짓날

해가 뜰 때 템펠호프에 갔지만 매는 보지 못한다. 눈이 내리는 12월 28일에는 해 질 녘에 간다. 우리는 정교한 전망대 —허공으로 뻗어나간 나선형의 계단— 위에서 추위에 곱은 손가락으로 담배를 말아 피우고, 미래의 일과 사랑에 대해 이야기한다. 우리는 수다를 떨며 나무를 훑다가, 날카로운 눈을 가진 B가 가지에 앉은 참매를 알아본다. 나는 쌍안경으로 그 새를 바라본다. 두 마리가 날고 있다. 재빠르고 실한 녀석들. 그들은 개를 데리고 산책하는 사람들과 스케이트보드를 타는 사람들, 달리기를 하는 사람들은 개의치 않으면서, 황조롱이 한 마리와 항상 눈에 띄는 뿔까마귀들에게는 시달린다.

참매 두 마리를 보고 열정과 용기가 불타오른 나는 공부를 더 한다. 베를린의 조류학자 노르베르트 켄트너 박사에게 연락을 한다. 지난 10년 동안 4월과 5월이면 박사는 참매가 둥지를 튼 나무 위로 기어올라 새끼들에게 고리를 달았다. 1980년대 초 이후로 베를린에 있는 새끼 참매 2,500마리에게 고리가 달렸다. 어느 화창한 일요일, 노르베르트는 친절하게도 나를 참매의 영역으로, 주로 노이쾰른과 크로이츠베르크에 있는 묘지들로 나를 데려간다. 현장에서 이동하는 사이사이 노르베르트는 차에서 서프 음악을 틀고 박식하게 그리고 열정적으로 이야기한다. 그는 이 매가 길고 튼튼한 다리와 발톱을 이용해서 어떻게 먹이를 죽이는지 알려준다. 참매는 공중에서 비둘기를 죽일 수 있다. 노르베르트는 참매가 비둘기의 털을 뜯는 기둥을 찾는 법을 알려준다. 땅바닥에 비둘기 털 무더기가 있는 곳이다. 노르베르트는 짝짓기철 즈음 수컷들이 흰 아래쪽 꽁지깃을 보여주는 '플래깅'에 대해 이야기한다.

우리는 나무 높은 곳에 커다란 검은 참매 둥지가 있는 걸 보고는 거기에 참매가 새로 지은 뭔가가 있는지 알아보려 한다. 둥지가 올해 지어졌음을 알려주는 녹색 잎들. 크로이츠베르크의 한 첨탑 꼭대기에서 우리는 위키피디아의 새 항목에 있는 사진과 똑같은 수컷 참매를 본다. 근처 묘지의 둥지에 이 수컷의 짝이 자리를 잡고 있다. 나는 쌍안경으로 암컷 참매를 관찰하고, 이 암컷이 날아가는 모습을 지켜본다. 밑면에 얼룩진 밝은 털이 잘 보인다. 나중에 우리는 참매 둥지에 자리 잡고 있는 큰까마귀를 본다. 노르베르트의 말로는 대단히 이례적인 일이다. 우리는 참매의 배설물을 보고 울음소리를 듣는다. 까마귀들이 동요한다. 비둘기들이 흩어진다.

노르베르트에게서 얻은 지식으로 무장한 나는 알람을 맞춰

놓고 밖으로 나가 탐색을 이어간다. 고향에서 그랬던 것처럼 옷을 겹겹이 껴입고 부츠를 신는다. 템펠호프에 갈 때면 참매는 두 번에 한 번꼴로, 황조롱이는 매번 본다.

참매를 볼 때면 전율이 일고 불명예를 씻은 듯한 느낌이 든다. 나는 무언가를 찾으러 왔고, 그것을 찾았다.

공원에서 인간에게 가장 번잡한 지역—주말 농장, 바베큐 구역, 야외 그릴 광장 그리고 반려견 놀이터—은 맹금들에게도 가장 번잡한 것 같다. 맹금들은 동요하지 않는다. 황조롱이 한 마리가 하늘을 가로질러 나무 조각상 위에 자리를 잡는다. 매는 종종 까마귀 군단을 거느린다.

이제 베를린에 온 지 몇 달 되었다. 새로운 도시를 걸어서 일자리 면접이나 첫 데이트를 하러 갈 때면 하늘을 올려다본다. 우듬지에서, 창틀에서, 굴뚝에서 올려다보는 매가 되어 이 도시에 대해 생각한다. 참매들은 나무에서 살지만 건물을 사냥용 횃대로 활용한다. 나는 교회 지붕의 십자가와 모스크 지붕의 초승달에서, 위성 접시에서, 천사상과 기중기 위에서 하늘을 올려다본다.

가끔은 저물녘에 크로이츠베르크의 내 아파트 근처 광장에 나가서 매를 찾는다. 서식지가 있다고 노르베르트가 알려준 곳이다. 하지만 나는 매를 찾지 못한다. 나무는 헐벗고 비어 있다. 그러다가 어느 대낮 2월 말의 햇빛 속에서, 나는 그 전날 외박을 하고 머리칼에는 담배 냄새가 배고 입안에는 섹스의 맛이 감도는 상태로 집으로 걸어가고 있다. 분주한 광장을 가로지르다가 바로 위에서 기대하지도 않았던 참매의 걸걸한 울음소리를 듣는다. 나는 불현듯 경계태세가 된다. 하늘을 올려다보니 참매와 까마귀가 추격전을 벌이고 있다. 그러다가 한순간 시끄럽게 전투를 벌이더니 건물 뒤로 사라진다. 내 머리 위에서 흥미진진하고 난폭한 장면이 펼쳐지는데 시장 매대를 둘러보거나 카페 바깥에 앉아 있는 다른 누구도 이를 알아차리지 못한다.

몇 분 뒤 참매가 홀로 광장으로 돌아오더니 교회 첨탑 위에 앉는다. 나는 고개를 뒤로 기울이고 눈에 손차양을 하고 차량 위 높은 곳을 휘젓는 매의 움직임을 눈으로 좇으며 관찰한다. 가슴이 벅차오른다. 사이렌, 아기 울음소리, 끼익하는 브레이크 소리 같은 크로이츠베르크의 다른 고음들 사이에서 매의 울음소리를 식별할 수 있어서 기쁘다.

나는 우리의 도시 생활 속에서 진동하는 또 다른 주파수를 알아차릴 수 있게 되었다. 맹금에 대해 아는 것은 이 도시에 새로운 입체감을 부여한다.

매를 보는 순간은 짧지만 밤에 일기를 쓰며 나는 하루에 마주치는 것들 중 이 새들이 가장 좋을 때가 많다는 걸 깨닫는다. 새를 만나는 순간은 일자리 찾기, 돈 걱정, 외로움이 사라지는 시간이다. 내가 팔을 걷어붙이고 찾아 헤매던 것을 재빠르게 목격하는 일은 내게 희망을 주고 나의 기분을 띄운다. 새의 실루엣이 내 기억에 불도장을 찍는다. 나는 '지즈jizz'(항공 부문에서 쓰는, 형태와 크기에 대한 전반적인 인상, GISS, General Impression of Size and Shape의 머릿글자)라는 탐조 용어가 새를 식별하는 데 사용되는, 멀리서 또는 빠른 속도로 짧게 포착한 인상을 뜻하는 것임을 알게 된다. 나는 집에 오면 인터넷 안내서를 찾아보고, 매번 조금씩 새를 알아보는 실력이 늘었다는 생각에 자신감이 커진다.

카페 밖에 앉아서 커피를 마시는 동안, 잘생긴 홈리스 남자가 세계 경제와 아보카도 가격에 대해 내게 유식하게 이야기한다. 나는 아트 갤러리로 개조한 과거의 브루탈리즘식 교회 건물에서 열리는 요가 수업에 간다. 선생님이 우리 배꼽 바로 아래 죄책감과 자기 비난이 자리를 잡고 있다고 우리에게 말하면,

나는 신기해하며 아래를 내려다본다.

도시의 새들은 농촌에서는 불가능한 관찰을 가능하게 한다. 조류학자들은 아직도 도시에서 새의 종들을 공부하고 그들의 새로운 행태를 관찰한다. 참매는 1970년대 중반부터 베를린에서 관찰되었지만 지난 15년 동안 개체수가 폭증했다. 지금은 정체 상태다. 이 도시는 매 수용 한도에 거의 도달한 상태다. 도시의 새들은 질병에, 그리고 창문에 부딪혀 목숨을 잃을 위험에 취약하다. 농촌 지역에서는 불법적인 학대를 당할 수 있다.

나는 이 도시가 인간의 것만은 아니라는 게 좋다. 자연은 저 멀리 외따로 떨어져 있지 않다. 야생의 짐승들이 우리 곁에서, 의존하지 않고 적응하며, 열차 선로와 묘지와 산업부지 사이에서, 길들여진 개와 고양이, 야생 비둘기와 불꽃놀이 사이에서 살아간다. 나는 베를린의 여러 야생동물들에 관심이 있다. 붉은날다람쥐, 여우, 심지어는 야생 라쿤도. 도시는 우리 생각만큼 유순하지 않고 제대로 발견되지도 않았다.

매는 내가 무엇을 붙들고 살아야 하는지 알아내기 힘들었던, 이 도시에서의 처음 몇 달을 상징하는 마스코트다. 그들은 나의 우선순위가 분명하지 않을 때 내 눈으로 좇을 부표 같은 존재들이다.

인터넷의 야생동물들

2월

굶주림의 달Hunger Moon

　늑대가 유럽으로 돌아오고 있다. 20세기에 사냥으로 거의 멸종 상태까지 갔던 늑대들은 최근 몇 년 동안 이탈리아, 스페인, 프랑스, 폴란드에서 독자적인 무리를 이루며 되살아났다. 어린 늑대들이 무리를 떠날 때 개체군이 넓게 퍼진다. 나는 시베리아의 찬바람에 떠밀린 늑대들이 폴란드 국경을 넘어 독일 동부로 온다는 이야기를 들었다. 나는 도시 외곽에 있는 늑대를 떠올린다.

나보다 몇 살 어린 B는 내가 무언가에 짓눌릴 일 없이 살아온 게 감사해야 할 일이라고 말한다. "하지만 나는 짓눌리고 싶어." 나는 이렇게 대답한다. 나는 너무 오랫동안 가볍게 흘러다니며 살았다. 결정을 내리고 그것에 매이고 싶다. 모든 가능성이 항상 열려 있는 상태가 신물난다. 나를 내리눌러다오. 나는 준비가 되어 있다.

그래서 나는 온라인에 접속한다. 독일 은행 계좌와 납세자 식별 번호와 남자친구를 구하기 위해. 이 도시에는 싱글이 많다. 영원한 청소년들, 마흔 살 된 학생들, 런던이나 뉴욕에 싫증난 음악가와 얼치기 예술가들.

외로운 어느 토요일 밤, 나는 온 도시가 저 밖에 있다는 것을 깨닫는다. 이런 침실에 나처럼 느끼는 사람들이 있다. 나는 S-반Bahn을 타고 지나가는 그들을 엿본다. 내가 알려주지 않으면 그들은 나 역시 여기 있다는 걸 모를 것이다. 한순간 내가 내 운명을 통제할 수 있을 것 같은 기분이 든다. 나는 데이팅 사이트에 프로필을 등록해놓았고 이제 과감해질 것이다. 나는 신청양식에 내 정보를 기입한다. 젠더, 위치, 나이 대. 이 데이팅사이트는 알고리즘을 이용해서 나에게 어떤 잠재적 짝을 보여줄지 결정한다. 이 사이트는 내가 들여다볼 때마다 아는 게 많아져서, 나 자신보다 나에 대해 더 잘 안다.

나는 메시지를 보낸다. 나는 활달하고 개방적이고 낙천적이다. 내가 보내는 가벼운 문구—"안녕, 당신 프로필이 마음에 들어요!"—와 그 안에 담긴 묵직한 함의—'우리, 낯선 두 사람은 서로의 가장 중요한 사람이 되기를 원할까요?'—사이의 대비가 아찔하다. 이 사이트에 들어오는 것은 자신을 취약하게 만드는 행동, 스스로의 욕구와 불만을 인정하는 행동이다. 용감한 영혼들! 인터넷에서 사랑을 구하다보면, 새 메시지 하나로 모든 게 바뀔 수도 있다.

나는 어떤 새를 독일 이름으로 부르기 시작한다. 암젤Amsel(지빠귀), 로트밀란Rotmilan(붉은 솔개), 나흐티갈Nachtigall(나이팅게일). 나는 청딱따구리의 웃음소리에 귀를 쫑긋 세운다. 내 침실에서 까치와 박새와 참새와 뿔까마귀 소리를 듣는다. 우리 인간이 버린 것들을 양분으로 삼는 동물의 하위 문화가 있다. 인간이 도시화될수록 동물도 도시화된다. 이 도시에는 포유류가 있다. 여우와 길고양이. 토끼와 고슴도치와 담비도 있다. 그들은 하수구와 지붕과 그림자 안에, 우리가 보지 않는 장소에 산다.

여기 사람들에게는 일종의 '프로젝트'가 있는 것 같다. B의 프로젝트는 사람들이 모여서 아트 갤러리 바닥에 말없이 앉아 각자 책을 읽는 것이다. B의 프로젝트는 베를린 근처에 있는 52개의 호수에서, 1년 동안 매주 한 곳씩 돌아가며 수영을 하는 것이다. B의 프로젝트는 섹스 파티다. 나의 프로젝트는 라쿤과 연인을 찾는 것이다.

라쿤은 유럽 토종 동물은 아니지만 지난 40년 동안 이곳 베를린에서 야생 상태로, 왕성하게, 잘 살고 있다. 이 도시에 수천 마리가 있다.

금요일 밤이면 메시지를 더 많이 받는다. 여기, 환한 스크린 불빛을 받고 있는 외로운 우리 앞에, 텅 빈 주말이 불쑥 다가와 있다. 나는 결혼한 남자들에게서, 키 큰 여자 페티시가 있는 남자들에게서, 크로이츠베르크와 미네소타와 이스탄불과 카보베르데 섬 사람들에게서 메시지를 받았다. 어떤 낯선 사람은 내게 알몸 사진을 보냈고 그게 완전히 달갑지 않은 건 아니었다. 때로 나는 답신을 하고 심지어 약속도 잡는다.

나는 긴장감을 느끼며 우리가 합의한 약속 장소로 걸어가지만, 데이트 상대를 만나면 그 사람이 나보다 더 겁을 내고 있다는 게 보인다. 마음만 먹으면 그 사람을 궁지에 몰아넣을 수도 있을 것 같다.

한 태국 식당에서 그 남자는 자신의 난해한 관심사(중앙아시아의 타지키스탄, 핫요가)에 대해 나에게 열정적으로 늘어놓는다. 나라는 사람을 모조리 드러내고 그 사람의 모든 것을 받아들이려고 애쓰던 나는, 그 사람과 작별 인사를 한 후 진이 빠진다. 아직 내게 더 많은 회복력과 자제력이 필요하다는 걸 깨닫는다.

디제잉을 하고 멋진 바에서 일하고 멋진 헤어스타일을 가진 20대의 나였더라면 매력적이라고 생각했을 만한 어떤 사람을 만난다. 그 사람은 매사를 잘 마무리하지 못해서 애를 먹는다고 말한다. 그 남자가 내 옆에 앉자 나는 내가 육체적 애착을 얼마나 바라는지를 깨닫는다. 그 남자가 원했더라면 나는 그에게 키스했으리라. 내 몸은 너무 외로운데, 수년간 그랬다.

내가 바라는 건 기댈 어깨뿐이야.

베를린의 라쿤들이 어디서 왔는지에 대한 여러가지 설을 들었다. 미군이 데리고 있던 반려동물들의 후손이라고도 하고, 폭격을 당한 모피 농장에서 도망친 동물들의 후손이라고도 한다. 정부에 소속된 도시 공원 관리인 데르크에게 물어보니 내게 진짜 이야기를 들려준다. 1945년 전쟁 직후, 베를린 북동쪽에 있던 한 모피 농장이 라쿤 먹이 값을 감당할 수가 없어서 풀어주기로 결정했다는 것이다. 거의 비슷한 시기에 이 도시의 남쪽에서는 사냥을 위해 라쿤을 풀어놓았다. 이 두 집단이 서로 뒤섞여 오늘날 베를린에 군집을 이루게 되었다. 데르크가 추정하기에 이 도시에는 최소한 800무리의 라쿤 가족이 있다.

나는 만나는 모든 사람에게 라쿤을 본 적이 있는지를 묻는다. B는 바에서 일을 하다보니 늦은 밤에 집으로 걸어오는데, 쓰레기통 근처의 자동차 밑에서 달려가는 라쿤들을 본 적이 있었다. B는 정원 끄트머리에서 오줌을 누다가 한 마리를 보았다. B는 12층 발코니에서 한 마리를 보았다.

새 친구 B는 옛날 영화를 틀어주고 나에게 솜이불을 내준다. B의 친절함은 낯선 도시에서 큰 힘이 된다. B는 내게 프로필 사기를 당했던 이야기를 해준다. B는 데이팅 사이트에서 한동안 자신이 메시지를 보내던 사람이 아무래도 프로필 사진에 있는 그 사람이 아닌 것 같다는 의심이 들기 시작했다.

한편 B는 새로운 도시로 출장을 가서 외로울 때 틴더를 통해 사람들을 만난다. B는 남자친구가 이 도시를 떠나 있는 동안에 '그라인더'를 이용한다. B는 '소울메이트'에서 전 남자친구를 만났고, 그 뒤 그를 통해 남편을 만났다.

나는 집 근처 바에서 막 만난 누군가와 그날 밤을 보낸다. 그 남자가 다른 데 정신이 팔려 있다는 게 분명한데도 —그 남자는 다른 누군가를 마음에 두고 있다— 또다시 누군가의 옆에서 잠드는 게 너무 좋아서 더 진도가 나가든 말든 나는 개의치 않는다. 매를 찾으며, 내가 더 인간답고 부드럽고 둥글둥글해진 기분을 느끼며 크로이츠베르크를 가로질러 집으로 걸어간다.

아티스트의 집에서 전대로 살다가, 문가에 서양쐐기풀이 난 크로이츠베르크의 더 안락한 아파트로 이사한다. 하우스 메이트는 영국에서 온 전 남자친구의 형이다. 내 하우스메이트는 콜센터에서 일하고 덥스텝(일렉트로닉 음악의 한 장르—옮긴이)을 만든다. 욕조가 창문 옆에 있다. 나는 달을 본다. 여기서 얼마간 지내야겠다고 생각한다.

어느 날 밤 새벽 2시, 집으로 돌아온 직후, 어떤 소리가, 고양이와 아기 중간쯤 되는 어떤 동물 소리가 귀에 꽂히고, 그 순간 '저게 라쿤이구나' 하는 생각과 함께, 그 꾸루룩대는 소리가 내 꿈과 함께 뒤섞인다.

그리고 나는 누군가가 하루에 두 번 도발적인 메시지를 보내주기를 바랄 뿐이야.

베를린은 녹지의 비중이 높아서 땅의 약 40퍼센트가 푸르고, 그래서 라쿤들이 쉽게 살 곳을 찾을 수 있다. 집 위에서. 나무에서. 라쿤은 대단히 똑똑하고 예민한 동물이다. 특히 발톱 사용에 관해서는. 라쿤들은 나무에서, 공원과 정원에서, 과일, 견과, 곡물을 먹는다. 라쿤은 기회주의자들이다. 도시의 동물은 도로를 건너고 인간을 피하는 법을 학습하다가 농촌의 동물보다 더 탁월한 문제 해결 능력을 갖게 되는 경우가 많다. 연구에 따르면 도시 환경에 있는 되새들은 시골의 되새에 비해 과제를 더 잘 수행한다. 도시 생활의 복잡함은 적응력과 높은 지능을 요구한다.

데이트 약속까지 아직 시간이 남아서, 점원이 다시 옷을 입히고 재조립하려고 마네킹의 몸통과 팔을 분해해 카펫 위에 올려놓은, 가까운 가게로 들어간다.

나는 첫 데이트 때 가식이 너무 싫다. 이 도시에서 그가 처음으로 살았던 아파트가 어디였는지라든가 겨울의 온화함 같은, 그러니까 섹스나 번식이나 사랑이나 애당초 데이팅 웹사이트에 가입하게 만들었던 바닥이 안 보이는 통증과는 동떨어진 이야기만 하면서, 위가 긴장된 상태로 술집으로 걸어들어가고 화장실에 가서 거울로 나의 망할 안쓰러운 얼굴을 들여다보는 수모를 기꺼이 감내하는 그런. 무엇 때문에 너는 이번은 다를 거라고 생각하는 거야? 그 끝에는 짧고 날카로운 실망 아니면 지루하게 이어지는 혼란스러운 실망이 있을 뿐인데.

나는 우리의 눈이 마주치는 순간을, 그리고 또 다른 존재와의, 야생과의 연결을 바란다. 내가 용감하고 야성적이라면, 매서운 새벽과 불편한 식사를 아랑곳하지 않고 밀어붙인다면, 그러한 순간을 찾을 수 있을지도. 난데없이 끝나는 ―귀신처럼 홀연히 사라지는― 문자 메시지가 있다. 항상 온라인 상태이고 내 모든 사진을 좋아하지만 나의 모든 메시지에 한 번도 답하지 않는 사람 같은, 그런 혼란이 있다.

내 힘으로 직접 라쿤을 보고 싶지만, 그러려면 일찍 일어나서 쓰레기통 주변을 배회하거나, 늦게까지 잠들지 않고 산에 올라야 할 것이다.

나는 오늘 밤이 바로 그 밤이라는 결정을 내린다. 재즈바에서 문학 낭독회가 진행되는 동안 라쿤 사냥을 시작한다. 그러다가 베를린에서 파티에 가는 사람들이 집을 나서는 시간인 밤

11시나 그 무렵, 나의 평소 취침시간에 본격적으로 라쿤 사냥에 착수한다. 조금 우스꽝스럽다는 기분이 들고 내가 뭘 찾게 될지도 모르겠다. 내 계획을 들은 사람들은 당황하거나 농담으로 받아들이지만, 나는 웃고 있으면서도 진지하다. 이 도시에서 라쿤을 찾고 싶고 그 희망을 위해 밤을 샐 생각이다.

차가운 바람이 스칼리처 슈트라세를 따라, 울퉁불퉁한 돌이 깔린 인도 위로, 스프링그린색 나무들과 덜거덕거리는 자전거들 사이로, 아포데케Apotheke(약국), 크니페Kniepe(선술집), 슈페티를 지나 휘몰아친다. 나이 든 한 남자가 전화기에 대고 고함을 치고 내가 알아들을 수 있는 단어는 '설탕'뿐이다.

돈도 없으면서 700유로짜리 드레스를 입어보았다. 빈 유리병을 교환기에 넣고 돈을 받아 그 돈으로 담배를 사고 있다. 나는 민망함을 무릅쓰고 고른 사진에 담긴, 내 데이트 상대들의 신원을 알 수 없는 신체부위—발, 어깨—를 소셜미디어에 올리고 있다. 주머니에는 섬에서 가져온 고래 이빨을 넣고 다닌다.

라쿤은 야행성이고 매가 그렇듯 저물녘과 새벽에 특히 활발하다. 라쿤을 찾는 방법 중 하나는 까마귀 소리에 귀를 기울이는 것이다. 까마귀는 라쿤이 근처에 있으면 평소와 다른 소리를 낸다. 라쿤은 까마귀 둥지로 기어올라서 알과 어린 새들을 먹을 수 있기 때문에, 까마귀가 촉각을 곤두세운다. 두 종 모두 똑똑하기로 유명하다.

이 밤에 새된 소리를 지르는 저 동물들은 무엇일까?

독일 남자들과 교류를 하다가 내가 대화를 할 때 상대방을 편하게 해주려고 계속해서 어떤 식의 노력을 하는지 알게 되었다. 사소하게 맞춰주기, 재미없는 것에도 웃어주기. 그 사람들은 이렇게 행동하지 않는다. 남자의 중립적인 톤이 비난이 아니라 그냥 중립일 뿐이라는 걸 깨닫는 데 약간 시간이 걸린 적이 몇 번 있다. 그런 깨달음은 내 열정에 진실해지는 법, 열정을 간직하는 법을 배울 수 있음을 알려준다.

베를린에 오기 전부터 몇 달 동안 흠모하던 프로필 사진의 주인공을 만난다. 컬러 사진이 등장한 이후 어느 때고 찍었을 사진에는 잘생긴 남자가 베를린의 한 루프탑에 앉아 있다. 마법처럼 나는 어떤 그리스 식당에서 어두운 테이블에 그 남자와 같이 앉아서 자동차 렌트 방식에 대해 이야기하고 있다. 온라인 로맨스는 기껏해야, 꿈을 이루게 해주는 기술을 활용하고 있다는 느낌을 주는 게 전부일 수 있다. 그 꿈의 남자가 알고

보니 운동화를 신지도 않고 상자째 모셔놓는 부류의 인간이라 해도.

인터넷에서 알게 된 남자를 한 칵테일바에서 만난다. 나는 프리츠-콜라를 마시고 남자는 독주를 마시며 내게 멕시코와 병역과 대본 작업에 대해 이야기한다. 남자는 관찰시 observational poetry라는 것을 맹비난한다. 문학은 변화를 추구해야 한다고 남자가 말한다.

내가 독일어에서 계급 표지를 파악하지 못한다는 사실을 깨달았다. 교육이나 배경이나 지역 때문에 발생하는 미묘한 악센트 차이가 내게는 들리지 않는다. 나는 패션을 해독하지 못한다. 셔츠 깃을 세우거나 웃옷을 바지에 집어넣는 스타일이 여기서 갖는 함의는 나의 고향에서와 다르다. 나는 정치색이 강한 한 블로거와 데이트를 하러 가면서 그 남자가 상류층 도련님 같은 부류가 틀림없다고 생각하지만, 알고 보니 도시 엘리트를 욕하는 진짜 수다스런 노동계급이다. 우리는 프라이버시와 익명성과 미디어 편향과 에트나 산에 대해 이야기한다.

나는 10년 전에 찍은 게 분명한 사진을 올려놓고 자기 아이에 대해서는 일언반구 없었던 어떤 사람을 만난다. 데이트를 짧게 끊어버린 건 미안하지만 나는 데이트가 이어지지 못하리라는 걸 알았다.

저 바깥, 내 핸드폰의 인터넷과 나의 도시에는 수천 가지 성적 기회들이 있지만, 어째선지 나는 내 상대를 찾으려고 안간힘을 쓰는 중이다. 첫 데이트만 다섯 번했고 두번째 데이트는 한번도 안 했다.

때로 나는 알코올의 무분별한 취기가 그립다. 한번은 밤에 집에 돌아와서 목놓아 울었다. 재미가 없었다. 데이트가 마치 취업 면접 같았다. 하지만 나는 술기운을 빌리지 않고도 가벼운 섹스가 가능하다는 것을 깨달았다. 나는 아직도 누군가와 잠자리에 들 수 있다. 이제는, 후회 없이, 의도적으로 그냥 그렇게 한다.

첫 데이트에서는 대부분 늘 같은 옷을 입는다. 달라붙는 바지, 어깨에서 흘러내리는 큰 티셔츠, 굵은 사슬 목걸이와 묵직한 팔찌, 탈옥한 죄수처럼. 립스틱은 검붉은색.

맨몸인 독일 사람과 영국 사람을 구분하는 것은 불가능하다. 그렇지만 옷을 입고 있으면 뻔히 표가 난다. 독일 남자들이 청바지와 같이 즐겨 신는 흰 운동화, 일부 베를린 여자들의 가차없는 펑크룩. 하지만 아침 6시, 남자의 침대에서는 분간이 안 된다.

아마 내가 섹스에 대해 가장 좋아하는 점은 그 다음날 U-반 열차에서 섹스에 대해 떠올리는 일, 그 남자의 몸이 플랫폼의 자동 안내 방송에서 사람들에게 물러서라고 말할 때처럼 느껴지던 방식을 되새기는 일인지 모른다. '추뤽블라이벤, 비테 *Zurückbleiben, bitte.*'(물러서시기 바랍니다.)

유럽 원자핵연구소 입자가속기에서 너에게 키스하고 싶어.

국제 우주정거장에서 너에게 키스하고 싶어.

쿠사마 야요이의 인피니티룸에서 너에게 키스하고 싶어.

윤초 동안 너에게 키스하고 싶어.

8분 20초, 햇빛이 지구에 도달하는 데 걸리는 시간 동안 너에게 키스하고 싶어.

라쿤 사냥을 하려고 괴를리츠 공원에 들어서자 심장박동이 빨라진다. 나는 밤에는 여기에 오지 말라는 경고를 들었다. 강도와 폭행 사건이 있었다고. 모자를 푹 눌러쓰고 지갑을 안주머니에 넣는다. 여러 무리의 남자들이 이곳에서 밤낮으로 어슬렁대며 마약을 판다. 베를린에서 마약이나 짜릿함이나, 뭐 그런 걸 원하면 오는 곳이다.

딜러 몇 명에게 다가가서 라쿤을 본 적이 있는지 묻는다. 내 생각에 이 사람들은 무료하게 이 공원에서 밤새 어슬렁대니까 라쿤을 본 적이 있을지 모른다. 그 사람들은 내가 무슨 말을 하는 건지를 알아차리는 데 약간 시간이 걸린다. 나는 결국 말릭과 그의 고향 감비아에 있는 야생동물에 대해 이야기하는데 이른다. 말릭은 사람들이 고작 박쥐를 보겠다며 감비아로 여행을 온다고 놀라워한다.

말릭은 두 달 동안 독일에서 지냈다. 나는 이 추운 밤에 공원 벤치를 바라보며 힘없이 "유럽에 온 걸 환영해요"라고 말한다. 그는 자신이 시골 출신이라고 말한다. 독일에는 온 지 얼마 안 된 감비아 사람들이 많다. 난민 지위도 없이, 이제까지 사용한 경비를 갚고 고향에 돈을 보내려고 종종 마약을 팔고 있다. 우리는 호랑이와 햇빛에 대해 이야기하는데, 그건 더러운 공원에서 오밤중에 하는, 예상 밖의 훌륭한 대화다.

나는 계속 성큼성큼 걷는다. 혼자서 어딘가로 가고 있는 기분이 좋다. 나 자신에 점점 가까워지는 기분이다. 걸으면 걸을수록 자신감이 차오르고 조화로워지는 것 같다. 마음과 몸이 함께 일하는 기분. 나는 계속 걸어야 한다. 핸드폰이 15,000보를 헤아리다가 배터리가 나간다.

야생동물은 생태계를 교란할 수 있다. 라쿤은 야생 조류의 알을 먹고 둥지를 파괴하고, 건물에 피해를 입힌다. 라쿤은 농촌과 도시를 가리지 않고 많은 장소에서 생존할 수 있다. 이 존재들을 축복해야 할까, 박멸해야 할까?

데르크가 내게 주목할 만한 현상에 대해 이야기해준다. 라쿤은 '사냥에 반응한다'. 라쿤이 박해를 당할 때면, 절대적인 수와 비율면에서 모두 암컷이 더 많이 태어난다. 그런데 식량 자원이 감소하면 반대로 수컷이 더 많이 태어난다. 이 수컷들은 새로운 지역으로 간다. 데르크는 그러므로 '개체 수를 조절하기가 불가능'하다고 말한다. 사냥이나 굶주림은 라쿤이 더 많이 태어나게 하고 개체군을 확산시키는 효과를 가져올 뿐이기 때문이다. 이 사실이 알려지면서 당국은 라쿤 개체수를 전혀 조절하려고 노력하지 않고, 대신 각자의 부동산은 알아서 지키도록 재량에 맡긴다는 결정을 내렸다.

데르크가 12년간 베를린을 위해 일하는 동안 야생동물이 인간을 공격하는 일은 극히 드물었고 그런 사건들마저도 대부분 잘못된 신고이거나 인간의 아둔함 때문이었다. 데르크는 말한다. "대부분의 사람들은 동물을 죽이는 걸 원치 않으면서도 화를 내거나 이해하지 못해요. 우리는 동물과 함께 사는 법을 이해할 필요가 있어요."

나는 형편없는 독일어로 개를 데리고 산책하는 남자에게 '바슈베어Waschbär(라쿤)'를 본 적이 있는지 물어보고 남자는 내가 술집을 찾는다고 생각한다. 맥도날드 계산원에게 물어본다. 직원이 쓰레기통을 내놓다가 라쿤을 볼 수도 있다고 생각하기 때문이다. 직원은 미소를 지으며 고개를 젓는다.

심야 식당들이 문을 닫는 중이다. 한 커플이 열정적으로 키스를 한 뒤 여자가 자전거를 타고 떠난다. 또 다른 커플이 술집 창문에서 서로를 바라보며 미소를 짓고 있다. 여자의 자태가 매혹적이다.

그리고 내가 바라는 건 너의 동공이 커지고 너의 심장이 무방비하게 물에 잠기는 바로 그 순간뿐이야.

운 좋게 라쿤을 볼 수도 있겠지만 직접 나서서 행운을 찾아야 할 필요가 있다. 나는 라쿤처럼 생각하려고 노력한다. 집요하고, 적응력이 뛰어나고, 누구에게도 소유당하거나 통제당하지 않는 라쿤. 나는 부모나 나를 알던 그 누구에게도 얽매이지 않고, 나에 대한 평판과도 멀리 떨어져 해방된 상태다. 나는 인터넷을 활용하며 살고, 여기저기 배회한다. 내 이는 날카롭다.

녹음된 라쿤 울음소리를 들으며 그 느낌을 완전히 익히려고 노력했다. 날카로운 꾸루룩 소리이다.

경찰이 어떤 파티를 급습하는 모습을 본다. 모든 손님과 장비를 완전히 갖춘 밴드가 집 밖의 인도 위에 씩씩대며 서 있다. 여기는 라쿤에게 너무 시끄럽다. 결심이 슬슬 해이해진다. 새벽 3시. 나는 그날 밤의 사냥을 철수하고 아파트로 터덜터덜 돌아간다.

온라인 데이팅 세계에 발을 들이고난 후 얼마 뒤부터 나는 내가 젊고 여자이고, 알고리즘을 활용할 줄 아는 덕에 권력을 가지고 건방지고 약게 군다. 내가 프로필 사진을 바꾸면 메시지를 더 많이 받게 된다는 걸 안다. 누군가의 프로필 페이지를 보고 나서 그로부터 반응이 올 때까지 몇 분이 걸리는지를 재 본다. 이건 인간관계의 게임화다. 나는 사람들을 쇼핑하고 있다. 사람을 일련의 특징으로 환원하고, 가능한 나의 미래를 줌인해서 본다. 나는 회복 중인 알코올중독자로서, 교차중독의 위험을 의식한다. 들뜬 성적 욕구에 인터넷 앱이 결합되면 정신이 혼미해진다.

한발 물러나 차분하게 내 욕망을 분석해보려고 한다. 내가 어째서 남자가 필요하지? 난 혼자 살아갈 능력이 있고 마음껏 돌아다니면서 살 수 있는데. 내가 짝 찾기에 이 많은 에너지를 쏟고 있는 건 생물학적 이유일까, 가부장제 때문일까? 나는 그냥 내 안의 동물에 연결되는 걸 원하기로 결심한다.

이 도시의 물은 센물이야. 비누거품이 일지 않고, 주전자에 석회 앙금이 껴서 고향의 단물이 그리워.

며칠 뒤 나는 밤 시간의 절반을 이용하기로 결심한다. 늦게까지 안 자고 버티는 대신 일찍 일어나기로. 동트기 전에 일어나서 자전거를 타고 밖에 나가, 꼭두새벽의 울렁거림을 느끼며 텅 빈 거리를 가른다. 나는 라쿤과 참매에 신경을 곤두세운다. 거리는 뻥 뚫려 있지만 몇 사람이 다닌다. 청소부, 새벽일을 나가는 사람들, 파티에서 집에 돌아가는 사람들, 노숙인들. 한 시간이 지나자 짙은 푸른빛이던 하늘이 거의 흰색으로 바뀐다.

나는 자전거를 타고 알렉산더플라츠 TV 타워를 지나 브란덴부르크 문으로 가서, 거기서 그날의 첫 관광객들과 섞인다. 이

97

들은 모두 왼쪽 가슴팍에 노스페이스라고 적힌 옷을 입고 목에는 화면 하나씩을 매달고 있다.

트렙토어 공원에서는 나이팅게일 여러 마리가 근처 수풀에서 목청 높여 노래를 하고 있다. 날이 밝았고 나는 라쿤을 보지 못했지만 어질러진 쓰레기통들과 관목 안에 있는 라쿤의 흔적을 보았다. 라쿤들이 애가 탈 정도로 가까이 있지만 그림자와 어둠 속에, 저 위와 저 아래에, 내가 접근하지 못하는 차원에 몸을 숨기고 있어서 보이지 않는다. 그들은 우리 삶의 끄트머리, 우리의 생활 공간과 우리가 깨어 있는 시간대의 끄트머리에 있다.

티어가르텐에 있는 한 카페에서 국민성을 일반화한다며 나를 비난하면서 내 시선을 붙드는, 진지하고 아름다운 젊은 학자를 만난다. 우리가 카페를 나서는 그 순간, 둘 다 초조하게 담배에 불을 붙이고, 나는 그걸 보고 그 남자를 더 많이 좋아하게 된다. 우리는 동물원을 가로질러 걸으며 영양과 타조를 본다. 남자는 정면을 응시하고 있고 나는 남자의 옆얼굴을 본다. 근사하다. 우리가 작별의 포옹을 할 때 나는 그 사람의 셔츠를 통해 그의 등을 느끼고 이후에도 계속 그 생각을 한다.

두번째 데이트에서, 담배를 피울 수 있는 크로이츠베르크의 후미진 바에 자리를 잡고, 나는 그의 여행과 연구에 대해 알게 된다. 남자에게는 비범한 열정이 있고 어딘가 구식인 데가 있다.

세번째 데이트를 할 때쯤 우리 관계의 역학이 옳지 않다는 사실이 내게 분명하게 다가온다. 나는 남자와 잠자리를 하기보다는 이 남자를 보살피고 싶다. 어쩌면 다시는 이 남자를 보지 못할 수 있다는 걸 알지만, 남자와 헤어져서 자전거에 오를 때, 그게 그렇게 대수롭게 느껴지지는 않는다. 나는 자전거를 타면서, 그 남자가 나를 바라보기 전에 내가 불안한 마음에 발을 동동 구르며 그 남자를 어떻게 바라보았던가에 대해, 내가 나 자신에 대한 것들과 내 욕구를 어떻게 배우고 있는가에 대해 생각한다. 핸드폰 배터리가 나가서 GPS가 잡히지 않는 바람에 나는 자전거를 타고 한두 시간 동안 길을 잃었는데, 혼란스러우면서도 괜찮다. 도로와 인도는 텅 비어 있고, 심야 영업을 하는 커리부르스트(길거리 음식으로 파는 카레 소수와 소시지—옮긴이)가판대들이 있고, 내 자전거 등이 희미한 빛을 내뿜고, 나는 방향감각을 바로잡으려고 TV 타워의 빛을 힐끗 올려다본다. 별이 뜨고 나는 플레이아데스 성단을 볼 수 있다.

몇 명의 독일 남자들을 인터넷으로 만났다. 그들의 침대에서 나와, U-반을 타러 가고, 내 아파트 계단을 오른 뒤로는 그들에 대해 거의 생각해본 적도 없다. 그들은 나의 사회적 관계와는 아무런 연결고리가 없었다. 며칠이 지나면 나는 이들의 얼굴이나 이름을 떠올리지 못한다. 이들은 꿈결처럼 희미해진다.

미테 지구의 구멍가게에 들어갔다가 나오면서 몇 달 전에 같이 저녁 식사를 했던 남자, 내 비위를 맞추려고 너무 안달하는 것처럼 보이던 남자를 지나친다. 그 남자가 나를 멀거니 바라보자 나는 김이 샌다. 이런 즉각적인 로맨스는 쌍방향으로 작동한다.

네가 망각한 그 꿈들은 어디로 갈까?

사랑에 빠지지는 않았지만 많이 배우고 있다. 상대를 거부할 때조차 존중하는 태도로 대하는 법을 배우고 있다. 내가 과거에 저질렀던 몇 가지 실수를 깨달았다. 그때는 몰랐지만 내가 당시에 어떤 사람들의 감정을 주무를 권력이 있었음을 이제는 알 수 있다.

라쿤은 패기 있고 무질서한 크로이츠베르크의 이쪽 지역을 상징하는 동물이 되었다. 우리 아파트 단지 마당에서 열린 성대한 5월 1일 파티에는 라쿤 손 모양 스탬프가 있다. 라쿤은 내가 배우고 싶은 점인 회복력과 적응력으로 유명하다.

그날 밤 내 침대에서 들었던 소리가 라쿤이었는지는 아직도 모르지만, 그들이 저 지붕 위 빨간 타일과 그래피티 위에서 소리 없이 아무도 모르게 움직이고 있다는 건 안다. 야생동물 군집에 먹이를 제공할 정도로, 또 다른 도시를 건설하는 재료로 쓸 수 있을 정도로, 한 동물 종의 은신처를 마련할 정도로, 우리가 많은 쓰레기를 양산하고 있다는 건 안다.

야생동물은 무언가를 신뢰하는 것에 대해 신중하고 조심성이 많다. 요즘 나는 항상 술에 취하지 않은 상태로, 혼자서, 집을 나갔다가 돌아온다.

데이트를 마치고 자전거에 올라 현금 지급기를 사용 중인 마녀들과 커리부르스트를 사려고 줄지어 선 좀비를 지나칠 때, 기분이 나쁘지 않다. 나는 새로운 도시에서, 커다란 스카프와 두툼한 재킷을 입은 베를린 사람들 속에서, 낯선 언어와 몬스터들과 악귀에 둘러싸여, 나 자신을 새롭게 만들어가고, 아침 수영을 고대하며, 내가 얼마나 멀리 왔는가를 되새길 때, 썩 괜찮다는 기분을, 만족을 느낀다. 힘들고 두려웠지만 나는 삶의 변화를 이뤘다. 뿌듯하다. 새로운 나라에 왔고 친구를 조금 만들었고 일자리를 얻었다. 약간의 유로화가 매주 나의 새 독일 은행 계좌로 들어온다. 이 나라 말을 배우고 있고, 나름대로 바쁘고, 첫 달에는 없던 일상과 루틴이 있다. 이제는 집처럼 느껴지기 시작하는 거리로 다시 돌아올 때, 내가 —데이팅 사이트에서 누구를 만나든 못 만나든— 벌써 성공했다는 행복한 자각이 밀려온다.

임시 계약직

3월

벌레의 달Worm Moon

나는 빈털터리가 되어, 만나는 모든 사람들에게 일을 구하고 있다고 알린다. 이 도시는 경제 활동이 별로 활발하지 않아서 외국인이 일자리를 구하기가 쉽지 않다. 나는 진지함의 정도는 다르지만, 난민 원조활동을 하거나, 가학적인 성행위를 하기 위해 무덤을 파거나, 남대서양 어센션 섬에서 길 잃은 거북들을 바다로 돌려보내는 일을 할 수 있을지 살펴본다.

친구의 친구로부터 차 공장에 대한 이야기를 듣는다. 고급

차를 수입해서 판매하는 공장의 창고에서 일하는 자리가 있다는 것이다. 크리스마스 주문을 처리하느라 새 직원을 채용 중이다.

일을 하려면 어학원을 그만둬야 한다. 내 독일어 선생님은 새로운 언어를 배우다가 몇 주 만에 그만두는 건 나쁜 타이밍이라고 경고하지만 나는 돈을 벌어야 한다. 시간 날 때 공부를 이어가겠다고 결심하지만 선생님 말이 맞는다. 배웠던 것들이 기억에서 빠르게 사라진다. 나는 다시 독일어를 거의 말하지 않는다. 차 창고 사람들 절반가량이 영어 원어민들이고 나머지 절반은 영어를 아주 잘한다.

우리 일은 차를 개별 티백에 손으로 담는 작업이다. 우리는 향긋한 차와 꽃이 담긴 자루를 만진다. 중국에서 온 백차와 재스민차, 나의 인도에서 온 아삼과 다질링, 일본에서 온 녹차, 그리고 말린 장미와 라벤더와 생강. 우리는 마약상처럼 그걸 저울에 달아서 의료용 장갑을 낀 손으로, 가끔은 분진 마스크까지 쓰고 포장한다. 도시 한가운데 있는 말쑥한 가게에서, 이 일을 개발도상국으로 넘기는 대신, 우리에게 독일 최저임금을 정당하게 지불할 수 있을 만큼 충분히 높은 가격에 차가 팔린다.

이곳에서 일하는 모든 사람이, 나처럼, 창의적인 야망을 좇아

다른 도시에서 이 도시로 와서 살고 있다. 음악가, 화가, 사진작가, 예술가 같은 사람들. 우리는 베를린에서 정규직을 갖지 않는 불확실성을 선택했고 그렇게 할 특권이 있는 서양의 20, 30대 하위문화를 대변한다. 우리는 고등교육을 받은 공장 노동자, 다른 일을 염두에 두고 있는 국제적인, 무언가가 되려고 세계를 누비며 여러 일을 타진하는 사람들이다. 주말이 지나서 일에 복귀하지 않는 것은 승리를 의미한다. 동료가 나타나지 않으면 우리는 그가 그림을 판 게 아닐까 기대하며 궁금해한다. 우리는 모두 인생을 바꿔줄 이메일을 기다리고 있다.

반복 작업에 진정 효과가 있다는 걸 알게 된다. 시작과 끝이 확실하게 정해진 일은 마음을 불안하게 하지 않는다. 질서 잡히고 생산적인 나날을 보내며 차의 무게를 달고 종이 상자를 접고 라벨을 붙인다. 동물의 수면 패턴에 대한, 포그혼(foghorn, 선박에 안개주의보를 전달하기 위한 음향장치—옮긴이)과 가슴앓이에 대한, 그리스의 정치 분위기와 태국의 대리모에 대한 팟캐스트를 듣는다. 갈색 종이 조각 수백 개를 접는 동안 하루가 지나고, 하늘이 회색에서 검은색으로 바뀌고, 초조하던 기분이 차분함을 거쳐 지루함에 도달한다. 나는 이 세상 어디든 갈 수 있었다고 생각하며 여기 베를린 교외에 있는 산업용

부지에서 겨울의 나날을 보내고 있다.

우리는 무게를 달고, 접고, 붙이면서 이야기한다. 나는 진정한 번역의 불가능성에 대해, 국제 밀수 방법에 대해, 예술가 지원금에 대해 차를 포장하는 동료들과 대화를 하며, 티백 수천 개에 종이 조각을 스테이플러로 박고, 차를 51그램 달아서 바삭한 갈색 종이 가방에 넣는다.

한 폴란드 예술가는 베를린에서 7년을 살면서 독일어를 배우지 못했다고, 그래서 뉴스와 사회와 광고로부터 방해받지 않고 자기 작업에 집중할 수 있다고 내게 말한다. 한 캐나다 화가는 새로 지은 아파트에 예술적인 분위기를 더해서 부동산 가치를 끌어올리고 싶어하는 부동산 개발업자에게서 저렴하게 빌린 자신의 스튜디오에 대해 내게 이야기한다.

월요일 아침마다, 나는 그들에게 내 온라인 데이트 상황을 업데이트해주고, 그들은 내 다음 행보에 대한 조언을 한다. 누군가에게 우리의 세번째 데이트가 마지막이라고 말하는 방법에 대해, 항상 약속을 안 지키는 사내는 어떻게 할지에 대해. 우리의 작업 테이블은 내가 수년간 시간을 보내본 곳 중에서 가장 명랑한 장소가 된다. 우리는 친구가 되어 직장 밖에서도 어울린다.

창고 직원들은 유럽과 영어권 세계의 단면을 드러낸다. 세르비아인들과 캐나다인들, 영국인들과 스페인인들. 나는 비자 신청 절차를 밟고, 비싼 변호사와 약속을 잡고, 결과도 불확실한 서류 작업을 몇 무더기씩 하고, 이민국 공무원들에게 휘둘리는 미국인들이 가엾다.

내가 사귀는 친구는 대부분 영어 사용자들이다. 한 파티에서 나는 그 방에 있는 절반이 독일어로, 나머지 절반은 영어로 말하면서 나뉘어 있는 걸 알아차린다. 일부 친구들, 이 도시에 더 오래 있을지도 모른다고 생각하는 친구들은 무리에 섞여 들어가려는 노력을 더 많이 한다.

우리에게는 보장된 근무시간이 없지만 우리는 그게 편하다. 회사가 우리를 쉽게 해고시킬 수 있듯 우리 역시 그만큼 쉽게 일을 그만둘 수 있다. 이건 임시직이다. 우리는 임시적인 관계를 갖는다. 이곳은 임시 도시이다. 우리는 유로존에서 성적인 모험을 하는 중이다. 나는 돈이 목적인 경제 이민자라기보다는 영국에서 유럽의 다른 지역으로 떠나는 그 많은 사람들처럼 새로운 경험을 찾아 이곳으로 온, 대단한 특권을 가진 라이프스타일 이민자다. 은퇴해서 스페인으로 떠나고, 프랑스 남부에 집을 장만하는. 생사가 걸린 일은 아니다.

끔찍한 역사를 일깨우는 것들이 곳곳에 있는 ―모든 도로의 울퉁불퉁한 포장용 자갈 사이에서 빛나는 청동 명패, 슈톨퍼스타인에는 그 집에서 끌려간 유대인들의 이름이 적혀 있다― 베를린에서는 유럽연합 국가들의 평화로운 연합체가 어째서 합리적인지를 쉽게 알 수 있다. 나는 비록 변두리 출신이지만 ― 서쪽으로 대서양이 보이는 절벽 위에서 성장기를 보냈다― 자랑스러운 유럽인이다. 나는 사람들에게 영국인이라기보다는 스코틀랜드인이라고 말한다. 나는 작고 평화로운 나라, 현대적이면서도 국제적인 어딘가의 출신이고 싶다.

새벽 1시, 영국으로 돌아갈지 고민하며 발코니에서 담배를 피우다 저 위에서 기러기들이 지나가는 소리를 듣는다. 철새들은 국경을 알지 못한다. 나는 차 창고를 떠나겠지만 갈색 종이를 접고 정확한 무게를 가늠하는 뛰어난 능력은 남을 것이다. 나는 내가 스코틀랜드와 인터넷과 바다의 시민임을 선언한다.

베르크하인으로 다이빙하기

6월

딸기의 달Strawberry Moon

몇 년 전 B는 나이트클럽이나 콘서트장에서 군중을 헤치고 지나가는 최고의 방법은 춤을 추며 가는 것이라고 내게 말했다. 주위의 몸들은 그냥 밀어대는 누군가보다는 춤꾼에게 더 공감할―몸을 움직이고, 공간을 내주고, 몸을 풀고 굽힐―것이다.

나는 그 조언을 이 한여름, 다른 사람들 대부분이 취해 있고 독일어로 말하는 테크노 클럽 '베르크하인'에서 기억해냈다. 나는 방향감각이 없었지만 그런 불편함을 해소하는 최고의 방법은 춤을 추는 것이었다. 댄스플로어에서 나는 다른 사람들과 함께 깊은 물속에서 베이스음에 잠겨 헤엄치는 느낌이었다. 댄서들은 해저 생명체였다. 게와 성게와 말미잘들. 빛과 연기사이로 비눗방울이 흩날리는 가운데, 나는 물 위로 떠오르듯 팔을 들어올리고, 그 생경한 느낌과 비트를 느긋하게 만끽할 수 있었다.

나는 20대의 많은 시간을 디스코장과 술집과 클럽에서 보냈지만 그런 밤들은 점점 거칠어지다가 나빠졌고, 결국 나는 중독 치료시설 신세를 지게 되었다. 4년 동안 클럽에 다시 간 적이 없었는데, 올여름 현장 답사를 계획했다. 나이트클럽으로, 통제된 과학 탐사를 떠날 생각이었다. 동베를린이던 시절에 지어진 1950년대의 발전소를 하짓날에 새롭게 단장한, 1,500명까지 수용할 수 있는 거대한 테크노 클럽인 그 유명한 베르크하인에, 술을 마시지 않고 혼자 가기로 한 것이다.

나는 지난 3년을 오크니에서 지냈다. 그곳에서 풍경을 다시 배우고 나 자신을 다시 쌓아올리는 시간을 보냈다. 바다에서 수영을 하고, 바닷새를 관찰하고, 작은 섬으로 보트 여행을 떠나면서. 스노클링을 하러 갔고 스코틀랜드의 찬 바닷물 속에서 보이는 것들에 벅차오름을 느꼈다. 수면 위보다 수면 아래에서 더 밝게 보이던 이국적인 색채들과, 갯민달팽이와 성게 같은 경이로운 생명들. 나는 세상에 대한 경이감을 조금 회복했고 바다는 내가 맨 정신으로 살아갈 수 있게 도와주었다. 이제는 자연을 관찰하면서 배운 것들을 이 도시와 사람들에게 적용해보고 싶다.

베를린은 바다에서 600킬로미터 떨어져 있고, 바다는 나에게 아주 중요해졌기 때문에 나는 자주 내가 어쩌다가 여기에 오게 된 건지 의아스럽다. 대부분의 페이스북 프로필 사진에서 나는 벼랑 끝에 있거나 물속에 들어가는 중이다. 내가 어떻게 이런 장소를 베를린에서 찾지? 닻이 풀린 채 표류하다 고향에서 멀어진 나는 내륙 도시에서 바다를 찾고 있다. B는 내게 합성수지 안에 들어 있는 해초를 보내주었고 그래서 나는 목에 그 바다를 매달고 다닐 수 있다. 그리고 열심히 물을 찾는 중이다. 수영장을, 호수를, 사우나를, 심지어는 부유탱크(긴장을 풀기 위한 용도로 들어가서 떠 있게 만든 소금물 탱크―옮긴이)를 찾아다닌다. 하지만 테크노 클럽에서 바다를 발견하리라고는 예상하지 못했다.

한 해의 최고조, 한여름 날이다. 나는 해초 목걸이를 하고 베르크하인에 접근한다. 일요일 저녁인데, 전날 밤부터 하던 파티가 아직 이어지고 있다. 나는 수첩을 가지고 있고 검은 옷으로 신분을 숨긴다. 건물이 컨테이너 선박처럼 거대하게 위로 불쑥 솟아 있고, 나는 긴장한다. 선원들은 낯선 해변에 쓸려 올라가게 될 때를 대비해서 장례식 비용으로 금 귀걸이를 하나씩 하고 다녔다는 말이 들린다. 이 클럽에는 매일 밤 수십 명을 돌려보낸 악명 높고, 알 수 없는 출입문 관리 정책이 있다. 내 앞의 남자는 운이 따르지 않는다. 너무 취한 모양이다. 완고한 문지기들이 고개를 젓자 남자는 체념하며 발걸음을 돌린다. 하지만 그들은 나를 통과시켜주고 나는 B에게 '저세상에서 만나'라고 문자를 보낸 뒤 그날 밤을 위해 핸드폰을 넣어버린다.

이 클럽에는 과거 발전소 시절의 외관이 많이 남아 있다. 메인룸—천장이 높고 바닥이 콘크리트로 된 예전 터빈실—으로 이어지는 철제 계단에 오르자 소음이 강타한다. 어마어마한 볼륨의 음악이 전신을 울린다. 나는 고막으로, 위와 창자로, 발바닥으로 음악을 느낄 수 있다. 음악이 내 가슴을 쿵쿵 울린다. 안에서 헤엄칠 수 있을 정도로 시끄러운 소리다.

그 장소에 들어가는 것은 메아리치는 거대한 절벽 동굴에 들어가는 것, 그리고 내 눈이 어둠에 적응하고 나면 그 안에 바위 비둘기와 검은가마우지들이 그늘진 돌출부에 가득하며 쏜살같이 날아다닌다는 걸 알게 되는 것과 비슷하다. 나는 완전한 하나의 생태계를 발견했다. 500명 또는 그 이상이, 해파리처럼 화사하게, 음악의 조류에 맞춰 둥둥 떠 있다. 아름답기 그지없는 생명체들이 암석 같은 스피커 더미와 기둥 뒤에서 나타난다. 고트족 패션과 테크노 춤을 추는 게이들, 가죽과 망사와 쫄쫄이와 인조 고무와 수영복을, 온갖 형태의 검은 옷을 입은 사람들. 이들은 상체의 문신을 드러내고 사슬 갑옷을 입은, 그들의 팬들과 춤을 추고 있다. 20세기 초, 아름답고 기이한 해파리와 말미잘의 전문적인 그림을 그리고 해양 생명체를 세밀하게 연구했던 독일의 자연 연구가이자 철학자인 에른스트 헤켈의 아름다운 일러스트레이션이 떠오른다.

물속에서 소리는 더 빨리 이동하고 사물은 조금 확대되어 보인다. 물속에서는 빛의 굴절 때문에 사물이 더 가깝고 커 보인다. 연기 장치와 어둠과 약물 때문에 클럽에서도 비슷한 효과가 빚어진다. 거리, 시간 또는 방향을 판단하기가 힘들다. 나는 탁한 물에서 헤엄치는 중이다. 흰 스포트라이트가 해저에 닿은 햇빛 기둥 같다. 빨간 레이저와 녹색 출구등이 있다. 나는 내가 거기서 얼마나 오래 있었는지 알지 못한다.

　일설에 따르면 7세기에 이 강둑에 처음으로 정착한 사람들은 '늪'에 해당하는 슬라브어를 따서 '베를Berl'이라는 이름을 이곳에 붙였다. 이 도시는 내륙에 있지만 평균 해발고도가 35미터밖에 안 된다. 거대한 파이프들이 건설 현장에서 지하수를 퍼낸다. 건물들은 침하와 범람을 막으려 안간힘을 쓴다. 이 도시에는 물이 많고, 땅만 파면 물이 나온다. 이곳에서 지낸 몇 달 동안 나는 왠지 수맥을 찾듯 물을 느낄 수 있었다.

　베를린에서 보내는 이번 겨울, 나는 인공 파도 장치가 있는 수영장에 갔고 염소와 열 살짜리 남자애들과 함께 시끄럽게 첨벙거렸다. 마렉의 사우나하우스에서는 사우나실에 유칼립투스와 백단과 향나무 향기가 가득했다. 그리고 난 뒤 나는 부서진 얼음으로 몸을 문질렀다. 노이쾰른 슈타트바트에 있는 타일로 마감된 돔형 지붕의 방에서는 대리석 개구리 입에서 피와 같은 온도의 물이 뿜어져 나오는 원형의 풀에 내 알몸을 담갔다. 심장이 너무 빠르게 쿵쿵대서 내 몸이 어쩔 줄 몰라 할 때까지 사우나 안에서 버텼다. 공기가 더 서늘한 곳으로 가서, 먼저 발끝을 담가본 다음 냉탕에 들어갔다. 목까지 몸을 푹 담그고 모공이 수축하고 피부가 팽팽해지고 주변 모든 것에 반응하는 상태가 되니, 마치 섬의 조수 웅덩이에 있는 것 같았다.

이제는 여름이다. 나는 S-반 열차 노선과 자전거도로를 따라, 도시 밖에 있는 하천과 운하를 다니고 있다. 여기서는 호수 수영이 인기다. 나는 내가 수영해본 장소의 목록을 만든다. 뮈겔제, 슐라흐텐제, 그루네발트제. 훈데스트랄트라는 어떤 호수에서 수영을 했는데, 나중에 알고보니 개를 위한 곳이었다. 슈프레강에 떠 있는 바지선의 수영장에서, 구마다 하나씩 있는 끝내주는 공공 수영장에서 수영을 했다. 온수풀과 냉수풀을 모두 갖춘 야외 풀장이다.

번화가에서 떨어진 어느 힌터하우스Hinterhaus(뒷채)에서 나는 웰컴 티를 마시고 휴식 구역으로 안내받은 다음 조잡한 SF 영화 세트장 같은 피라미드로 따라간다. 이것은 부유 탱크, 감각 차단 탱크라고 하는 장치, 한 시간 동안 내가 쓸 캡슐이었다. 나는 샤워를 한 다음 15센티미터 깊이의 고농도 소금물로 들어간다. 대서양보다 더 밀도 높은, 내 몸이 둥둥 뜰 정도로 소금기가 많은 물이었다. 걸리적거리는 옷이나 가구나 바닥이나 중력이 없는 상태로, 뒤로 누웠다. 물의 온도가 체온과 같아서 아무것도 내 몸에 닿지 않는 느낌이었고, 유일한 감각은 내 몸에서 발생했다. 나는 찌르는 것 같은 통증과 긴장을 알아차렸고 그것들을 풀어냈다.

귀가 물속에 잠겨 있으니 주로 내 호흡과 심장 소리가 들렸지만 건물에서 문을 열고 닫는 소리, 그리고 몇 분에 한 번씩 저 아래서 우릉대는 U-반 열차 소리도 들을 수 있었다. 나는 불을 껐다. 피라미드 속 물 위의 공기가 따뜻해지기 시작하자 위치감각이 흐려졌다. 아주 잠시, 내 몸이 총알처럼 아주 빠른 속도로 허공을 가로지르는 느낌이 들었다. 나는 포궁 속의 아기 같았고, 사용 시간이 끝나고 불이 환해졌을 때는 소금물이 뚝뚝 떨어지는 알몸으로, 태어날 준비가 되어 있었다.

탱크 밖으로 나오자 중력이 평소보다 더 무겁게 몸을 잡아끌었고, 내가 마약과 유사한, 내 마음의 상태를 바꿀 수 있는 여러 방법을 물색하는 중독자일 뿐이라는 깨달음이 밀려왔다. 이제 나는 코카인 1그램이 아니라 부유 탱크에 50유로를 들여서 내 목구멍을 타고 내려가는 소금물을 느낄 것이다. 하지만 이렇게 돈을 주고 산 경험들은 실망스러울 때가 많다. 그냥 돈을 내고 누워서 환한 빛이 비춰지기를 기다리는 일은 효과가 없다. 나는 감각을 박탈당하기보다는 내 감각을 직시하고 만끽하기를, 노력과 상상의 보상을 손에 넣기를 원한다.

두 번의 겨울에 혼자 지냈던 작은 섬의 오두막에서 금요일이나 토요일 밤이 되면, 나는 종종 작은 옷을 입고 등 뒤로 땀이 흘러내리는 상태로 북적이는 댄스 플로어에 있고 싶었다. 무릎에 담요를 덮고 불가에 앉아 있는 내가 일찍 늙어버린 여자같이 느껴졌고, 도시의, 그리고 쿵쾅거리는 밤의 유흥이 그리웠다. 최근에 '페른베Fernweh'라는 독일어 단어를 배웠다. 직역하면 '먼 곳 통증distant pain', 다른 어딘가에 있고자 하는 감정을 뜻한다. 당신이 있는 곳이 아닌 장소에 대한 그리움, 향수병 Heimweh과는 반대되는 감정.

이제 그리워하던 밤의 유흥을 다시 찾아왔다. 흥분되면서도 어색하다. 베르크하인은 멋진 장소이고 나는 그곳이 아주 마음에 든다. 냉철하고 미니멀하면서도 관용이 있다. 출입문 관리 정책은 최악의 음흉한 남자들을 걸러내려는 것 같다. 클럽 안 어디에도 거울이 없다. 처음 한 시간 정도, 나는 여러 방을 기웃대며 돌아다닌다. 1층에는 사람들이 처음 보는 사람과 성적인 접촉을 할 수 있는 '암실들'이 있다. 베르크하인은 게이클럽으로 시작됐지만 이성애자들도 그들 다음으로 많다. 나는 이곳에서 인기 있는 탄산 카페인 음료 클럽마테를 사려고 바에서 줄을 선다. 좌석 구역에서 담배를 말며 이야기 중인 커플들을 구경한다. 커플의 입은 움직이는데 시끄러운 음악 소리 때문에 무슨 말을 하는지 들을 수가 없다. 물속의 대화처럼.

클럽 안에 들어올 때 출입구 직원이 내 핸드폰 카메라에 스티커를 붙였다. 이곳에서는 알몸 노출, 마약, 섹스에 대해서는 관용적이지만 사진을 찍으면 쫓겨난다. 모두가 사진을 찍지 않는다는 게 대단히 신선하다. '인터넷 키드'에게, 그러니까 나에게는 사진으로 남기지 못하는 경험을 한다는 건 힘든 일이지만 나는 그 어느 때보다 이 장소에 충실한 기분이다. 여기는 관찰자를 위한 곳이 아니라 적극적인 참여자를 위한 곳이다.

잠시 후 나는 메인룸과 파노라마형 바에 있는 서로 다른 두 DJ 세트 소리가 불편하게 티격태격하는 곳에서는 느긋하게 담배를 피울 수가 없다는 걸 알게 된다. 어느 순간 나는 헤엄치러 가야 한다. 몇 년이 지났는데도 아직 내 몸 안에 베이스음이 들어 있음을 깨닫는다. 나는 클럽마테 병을 비우고 심호흡을 한 다음 춤을 추며 중앙으로 나아간다.

잠수 말고는 할 게 없다. 댄스 플로어는 해저이고 나는 스쿠버 다이빙 중이다. 내 심장이 음악에 맞춰 박동하고, 음악은 잠수함의 음파 탐지 장치나 고래의 노래처럼, 차임벨 소리가 섞여서 여러 층으로 쌓인다. 그날 낮에 나는 바다 생명에 대한 다큐멘터리를 보았는데 지금 그 이미지들—물고기 떼, 물 위로 솟구치는 고래들, 굽이치는 파도들—이 내 마음속을 가르며 유영하고 클럽의 움직임과 어우러진다. 그 다큐멘터리는 프랑스어 내레이션에 자막이 독일어여서, 내가 이 도시에서 느끼는 방향 상실감과 잘 어울렸다.

필리핀 남서쪽에 사는 바자우족은 얕은 바닷물에 고정시킨 장대 위에 지은 집과 작은 배에서 거의 완벽하게 수상생활을 한다. 물건을 거래할 때를 제외하면 많은 사람들이 절대 땅 위에 발을 들이지 않아서 일부는 '육지 향수병'을 겪는다. 바자우족은 수상생활에 육체적으로 적응해서 물속에서도 또렷하게 볼 수 있고 물 위로 쉽게 떠오르지 않는 음성 부력과 오랫동안 숨을 참을 수 있는 능력이 발달했다.

마지막으로 알코올을 마신 지는 정확히 4년 3개월, 마약을 한 지는 그보다 몇 달 더 되었다. 춘분에 금주를 시작했고, 그 직후 3개월짜리 중독 치료 프로그램에 들어갔으므로, 그후로 맞은 하지와 추분, 동지와 춘분은 술을 마시지 않은 3개월이 또다시 지났음을 알려준다. 나는 이날들을 기념하는 걸 좋아한다. 난폭한 음악을 따라 내 몸이 움직이는 동안, 최근 하지와 동지에 내가 있었던 장소—언덕 위, 환상 열석들, 대서양 해안—에 대해, 내가 술을 마시지 않았기에 갈 수 있었던 장소에 대해 생각한다. 나이트클럽은 금주 기념식을 하기에는 생뚱맞은 장소일 수도 있지만 내가 술을 마시지 않으리라는 걸, 그리고 내게 미완의 과제가 있다는 걸 알 정도로 충분히 오랜 시간이 흘렀다. 내가 두고 떠난 나 자신의 일부를 찾는 중이다. 나는 능동적인 중독을 잃었지만 그 여자, 길고 창백한 팔과 달아오른 뺨을 가진 키가 크고 용감한 소녀는 잃고 싶지 않다. 댄스 플로어에 있는 군중을 헤치며 나 자신을 좇는다. 여자의 흰 어깨가, 떨리는 턱이, 질질 끌리는 핸드백이 얼핏 눈에 들어온다. 여자는 늘 나에게서 멀어지며 저만치에서 헤엄쳐간다.

나는 춤을 추다가 휴식을 취하고, 건물 옆면에 달린 철제 계단에서 올 한 해의 절반의 빛이 스러지는 걸 구경한다. 프리드리흐스하인 지역의 도매 창고들 뒤로, 메르세데스 벤츠 광고판과 지나가는 비행기 뒤로, 하늘이 분홍빛이다. 계절을, 하지와 동지를 만들어내는 지구의 기울어짐에 대해 생각한다. 나는 젊은 게이 커플에게 말을 걸고, 엑스터시에 취한 두 사람은 내게 자신들의 다자적 연애 관계에 대해, 그리고 '조넨벤데 Sonnenwende'가 독일어로 한여름이라고 말하고 난 뒤 나를 포응한다.

생각이 되살아난다. 숱하게 많은 밤들, 어둑한 통로를 어슬렁대며, 더러운 화장실 앞에 줄을 서며, 약효가 올라오기를 기다리며 보낸, 기억이 반토막 난 밤들. 내가 두고 떠난 화려한 나이트라이프가 아직 그곳에 있다. 주말마다 클럽과 술집들은 멜버른 교외 지역이나, 와이오밍 시골이나 아테네나 뒤셀도르프에서 온 새로운 무리의 애들, 학생이나 콜센터 직원이나 돈 많은 애들로 가득하다. 나는 얌전하게 검은 바지와 티셔츠를 입고 있어서 별로 이목을 끌지 못한다. 화장실에서 흰 가루 흔적을 보고 가슴이 쓰리다.

이제 나는 스물다섯 살 때만큼 그렇게 모나지 않다. 하지만 춤을 추는 동안 비트가 부드러운 정중함을, 후회와 슬픔을, 침묵과 갈망을 뭉텅뭉텅 베어낸다. 나는 섹스나 마약을 추구하는 게 아니다. 일종의 완성된 상태를 추구한다. 나쁜 시절만큼이나 좋은 시절을 떠올리는 것도 치유에 도움이 된다. 내가 아직도 여러 환경에, 도시에, 섬에, 육지와 바닷속에 나 자신을 푹 담글 수 있어서 기쁘다. 더 이상 주말이 송두리째 사라질 일은 없지만 몇 시간 정도는 잃어버릴 수 있다. 아직 또 다른 세계로 넘어가는 창구로 들어가서 절제를 모르는 희열에 접근할 수 있다. 나의 상상력과 글이 황홀경을 탐험하는 감각을, 파도와 따스함과 경이로움을 다시 살려내기를 바란다.

날이 어두워진다. 나는 지친다. 세 시간 정도가 지나니 맨 정신으로 혼자 있기가 불편해진다. 가장 짧은 밤이고, 요즘의 나는 항상 일찍 자리를 뜬다. 출구를 찾으면서 나는 아까 만난 커플이 휘둥그렇게 동공이 커지고 피부는 땀으로 번들거리는 상태로 같이 춤추고 있는 모습을 본다. 그들은 나를 보지 못한다.

클럽에서 빠져나가는 것은 다시 수면 위로 올라가서 거의 잊고 지내던 더 춥고 더 밝은 세상에 발을 딛는 것 같다. 한 해가 절정에 도달했고, 하지가 지나갔고 이제부터는 계속 내리막이다. 자전거를 타고 슈프레강을 건너 집으로 달리는데 몸이 점점 가벼워진다. 하늘에는 구름 한 점 없고 도로는 단단하고 나는 육지가 그립다.

페르케어스인젤른(교통섬)

3월

벌레의 달Worm Moon

우리가 만난 날, 내가 베를린에 도착하고 정확히 5개월이 지난 시점, 나는 자전거 벨을 구입한다. 나는 이 벨을 여름 내내 울릴 것이다.

나는 내가 마스카라를 칠했던 모든 때를, 내가 기다렸던 모든 기차역을 생각한다. 우리는 카페 창틀 가까이 앉아 있고 내 몸은 사이렌을 울려댄다. 나는 큰 눈에 희망과 진지함이 가득한 그를 바라본다.

와서 내 칼을 갈고 내 브레이크를 조여줘. 와서 내 아이러니를 벗기고, 내 경탄을 고쳐줘. 와서 내 생각을 진정시켜줘. 그런 다음 우리 푹 자자.

그는 제2언어로 자신을 유창하고 허심탄회하게 표현한다. 그는 진지한 일에 대해 농담하는 법을 안다. 그는 나보다 조금 나이가 많고 여행을 다니며 성장하고 물건을 만들었다.

나는 놀라움을 담아 "내가 당신에게 키스할 수도 있어요"라고 말하고, 그는 "안 할 이유가 있나요?" 라고 말한다. 내가 미처 입을 떼기도 전, 그 순간 우리 사이에서 진동하는 그 가능성은 내가 오랫동안 갈망하던 것이다. 눈에 터지는 섬광, 어두운 심연.

그는 내게 찬사를 늘어놓고 우리는 산책과 카레를 목적으로 나선다. 나는 오랜 시간 중 그 어느 때보다 행복하고, 마음이 편하고, 배가 고프다. 식당 밖을 나오면서 우리는 손을 잡는다, 자연스럽게.

우리가 다시 만나기 전, 그다음 이틀간 ─기나긴 근무시간─ 나는 미소를 짓고, 백일몽을 꾸고, 이메일을 받는다. 나는 흥분하고 약간 긴장하며 생각한다. 이건 대단한 일이야. 진짜 대단해.

그후 보름 동안 우리는 거의 매일 밤 만난다.

나는 교통섬 꿈을 꾼다. 그가 말한다. "베를린에 있는 모든 교통섬에서 너한테 키스하고 싶어." 그래서 우리는 여름 계획을 세운다. 지도를 들여다본다. 우리는 섬으로 여행을 떠날 것이다. 이 도시 속으로, 여름 속으로, 사랑 속으로 용감한 탐험을 떠날 것이다.

1. 슈트라우스베르거플라츠

프리드리히스하인

좌표: 52.518492, 13.428309

접근: 위험함. 회전 교차로 중앙, 4차선 도로, 보행자 건널목 없음.

임무 보고: 여기에는 서식의 증거가 있다. 불을 피우고 남은 석탄, 맥주병, 담배꽁초, 다 쓴 폭죽 같은. 초여름, 소비에트 시절의 웅장한 카를-마르크스-알레(사회주의를 기념하기 위하여 프리드리히스하인과 미테 지구 사이에 건설된, 동독 시절의 건물이 양쪽에 늘어서 있는 거리-옮긴이) 중간에 있는 이 교통섬 중앙의

거대한 분수가 바람에 날리고 저녁 햇살이 물보라 속에서 무지개를 만든다. 우리가 거기 있는 동안 다른 세 커플이 이 섬에 상륙한다. 다른 곳으로 이어지는 길 같은 건 없다. 사람들이 이곳에 발을 들이는 이유는 이 섬이 바로 목적지이거나, 자신들의 여행을 더 길게 늘이고 싶어서이다. 교통섬은 연인들을 위한 곳이다. 자유로운 공간의 파편, 무인도, 로맨틱한 은신처다.

나는 내가 좋아하는 누군가로부터, 이런 종류의 애정을 바라며 너무 오랜 시간을 보냈고, 이제 그 애정을 얻어서 행복하면서도 묘한 기분이다. 외로움과 실망을 안고 살아온 터라 친밀함이 주를 이루는 이 정신없고 활기 넘치는 순간이 잘 기억나지 않는다. '내가 어떻게 이 상황에 개입하지?' 나는 흥분해서 들뜬 상태와, '내 침대에 있는 이 사람은 누구지?' 생각하는 상태 사이를 오락가락한다.

30대에 친밀한 관계를 시작하면 걸리는 게 많아진다. 나는 침착해지려고 애쓴다. 하지만 당장, 데이팅 사이트에서 다른 누군가를 만나는 데 완전히 흥미를 잃는다.

나 자신을 완전히 잃어버리지 않으려고 조심하는 내가 건강하다고 느낀다. 나는 아직도 친구들을 만나고, 탐조 여행을 떠나고, 요가를 하러 간다. 새 일자리에 지원한다. 여름 프로그램에서 학생들과 함께 지내는 일과, 그리스의 한 섬에 있는 서점의 임시직이다. 놀랍게도 두 자리 모두 합격이다. 그래서 그를 만난 지 몇 주 만에 나는 베를린을, 그리고 그를, 한 달간 떠나 그리스로 날아간다.

나는 에게해의 벼랑 위 마을에 있는 서점에서 생활하고 일하면서 그달을 보낸다. 영어 소설 분야 위, 그리스 역사 분야 사이에 있는 서가 안에 만든 높은 침대에서 잠을 잔다. 밤에는 바스라지는 벽에 드문드문 페인트로 적힌 시를 들이마신다.

빈털터리가 된 나는 그달 내내 입을 점퍼 하나만 넣은 손가방을 가지고 싸구려 비행기로 도착해서 매일같이 제일 싼 토마토와 페타 치즈를 먹지만, 거기 있게 된 게 기쁘다. 나는 내 인생에 빠져 있는 어떤 것들 ─배우자, 담보 대출, 안정적인 직장 ─ 때문에 종종 절망하지만 사실은 그 덕에 온갖 걸 할 수 있는 자유를 누린다는 생각을 하기 시작한다. 나는 정말 느닷없이, 하루 종일 책과 아름다움에 둘러싸여, 지진 꿈을 꾸고, 시큼한 체리 주스를 마시고, 샌들에 들어간 화산 모래를 떨어내고, 내 머리칼에 밴 에게해 냄새를 들이마시며, 저 멀리 있는 누군가를 그리워하며 한 달을 보낼 수 있다.

이번 달은 야생 허브와 꽃 향기뿐만 아니라 새로운 로맨스의 현기증으로 물든다. 우리가 만나고 난 뒤 금방 헤어지는 바람에 이메일로, 글로 서로를 알아가고 있다니 로맨틱하다. 나는 그에게 서점 테라스에서 아래쪽 벼랑과 집들 위에서 공중 곡예를 하는 제비들과 칼새들을 어떻게 내려다보는지에 대해, 내바다 수영에 대해, 그리스 알파벳을 배우는 일에 대해 이야기한다.

그는 답장을 보낸다. 다정하게, 절박하게, 그리고 자주. 나는 주의하려고 노력한다. 칼데라에서 수영을 하면서, 물속을 들여다보며 밑바닥이 화산 분화구 쪽으로, 짙은 푸른빛의 심연 속으로 급경사를 이루는 걸 확인한다. 짜릿하다.

그는 다정하고 열정적이고 이상적이다. 내가 수년간 만든 길을 따라, 내가 온라인에 남겨놓은 모든 것을 읽고 본다. 그는 내가 아기들과 찍은 모든 사진을 좋아한다.

내가 나의 도시에서 너를 찾을 수 있도록 길을 만들어놓다니, 여러 나라를 돌아다니다니, 최저임금을 받으며 살아남다니, 이 모든 온라인 데이팅 질문에 답을 달아놓다니, 고마워.

그가 살고 있는 베를린의 동네 프렌츨라우어 베르크의 어느 거리에서 내 수집품을 담아둘 하트 모양의 상자를 내게 찾아준다. 밤에 숲에서 부엉이 한 쌍이 서로를 부르는 녹음 파일을 내게 보낸다. 그는 숲에 있는 나무 줄기 안에서 내 이름의 철자가 보인다고 내게 말한다.

나는 사랑에 빠진 사람의 증상 중 하나가 탈진이라는 글을 읽는다. 인생과 감정과 미래 계획의 모든 조각들이 움직이고 있다.

2. 베르자린플라츠

프리드리히스하인

좌표: 52.518483, 13.453077

접근: 까다로움. 회전 교차로의 중앙. 2차선 도로와 트램 라인 하나. 건널목 없음.

임무 보고: 교통섬에는 해를 피할 그늘이나 바람을 피할 쉼터가 없다. 베르자린플라츠의 정원은 특히 혹독한 조건에 맞춰 조성되어서, 흙이나 물이 거의 필요하지 않은 식물들을 가지고 암석 정원을 꾸며놓았다. 엉겅퀴와 쐐기풀 사이에 야생화

들이 고개를 내민다. 탐험가들은 회향의 향에 놀란다. 이 섬에는 러시아의 한 지휘관 이름이 붙어 있고, 섬 주변은 도마뱀 그림으로 외관을 새롭게 단장한, 소비에트 '플라텐바우'(동독 시기에 흔히 볼 수 있었던 조립식 대형 콘크리트 슬래브로 지어진 건물-옮긴이) 건축 스타일의 아파트 단지가 에워싸고 있다. 사막처럼 건조하게 느껴진다. 자전거 핸들에 달린 작은 가방에 넣어간 복숭아 두 개를 그와 함께 먹고 까치 수를 세면서 내가 그에게 리듬을 가르친다. "하나는 슬픔, 둘은 기쁨, 셋은 소녀, 넷은 소년."

나는 아테네 공항 바닥에서 하룻밤을 보낸 뒤 베를린으로 돌아온다. 나는 그에게 밖에서, 공원에서 만나자고 제안한다. 그는 숲에서 발견한 학의 두개골을 내게 준다. 우리 몸이 닿는 순간 나는 아찔할 정도로 달아오른다.

'프렘델른fremdeln'이라는 독일어 단어는 낯선 사람을 두려워하거나 피한다는 뜻도 있지만 오랜만에 만난 연인들의 첫 접촉을 일컫기도 한다. 우리는 대담함과 조심성 사이를 오가는 중이다. 변화하는 권력과 욕망의 미묘한 상호작용. 그가 내게 팔을 두른 상태로 나란히 붙어 있으니 지난 수년간 그 어느 때보다 행복하다. 그러다가 그가 변심할 거라는, 더 이상 내게 매력을 느끼지 못할 거라는 두려움이 번쩍 고개를 들고, 다음 순간 내가 무엇을 향해 가고 있는지 불확실하다는 생각이 밀려왔다가, 한없는 희망이 샘솟은 뒤, 더 많은 키스를 한다.

그의 작은 침실에서 나는 집 밖 둥지에 있는 새끼 찌르레기 소리를 듣고 완전히 긴장이 풀린다.

나는 흥분으로, 잠재력으로, 섹스와 항복으로 반쯤 정신이 나간다. 내 받은메일함에 규칙적으로 등장하는 이름.

아, 그의 손과 그의 입과 그의 성기. 그의 어깨와 그의 목소리. 그의 작은 방에서 그리고 나의 빨간 매트리스 위에서.

나는 그에게 달걀과 군인들과 마마이트(영국 전통 스프레드―옮긴이)와 완벽한 차를 만드는 법을 보여준다. 그는 내게 독일 축구 리그와 여러 종류의 칼을 정확하게 사용하는 법을 말해준다.

저녁이면 내 포궁 위에서 쉬고 있는 그의 머리에 일기장을 가볍게 올려놓고 일기를 쓴다.

너는 피존과 도브의 차이. 너는 비프스테이크와 인간 혀의 유사성.

우리는 낮에 서로에게 성적인 시나리오를 이메일로 보내고 밤에 그걸 직접 해본다. 나는 크로이츠베르크에 있는 나의 집에서, 옛 동독인 프렌츨라우어 베르크에 있는 그의 집으로, 강을 건너고 베를린 중심부를 에둘러, 신나게, 자전거를 타고 달린다. 한 번씩 멈출 수 없다는 기분, 내가 용감하고, 계속 건강하고, 열심히 일하고 상냥하기만 하면 무엇이든 가능하다는 기분이 든다. 우리는 우리의 인생을 상상하고, 그런 다음 그 상상이 실제로 일어나게 만든다. 내가 그의 집 벨을 울리고 그의 침대에 기어오르면 그는 나를 벽으로 밀치고 우리는 더 깊이 나아갈 것이다.

3. 글라이스 인젤

베딩

좌표: 52.546352, 13.398491

접근: 쉬움. 보행자 통로와 "환영합니다" 표지판들.

임무 보고: 이 교통섬은 정치적 이상주의의 편린이다. 30년 전 이 섬은 막다른 길이었고, 주변 도로들은 어디로도 이어지지 않았다. 베를린 장벽에 막혀 있었기 때문이다. 이 섬은 옛 서

베를린의 끄트머리, 월경지점 옆, 베를린 장벽이 지나는 경로에서 겨우 몇 미터 떨어져 있다. 이 '오아시스'가 만들어졌을 때 그 주변 좁은 도로들은 베를린 장벽이 언젠가는 무너져내리라는 희망으로 계속 열려 있었다. 이곳에 있는 예술 작품, 높은 화단, 둥글게 휜 벤치가 있는 둥글게 휜 작은 통로, 체스판과 곤충집은 신경을 쓴 티가 난다. 새를 형상화한 이 섬의 예술 작품은 자유를 상징한다. 새들은 인간을 통제하는 국경 너머로 날아갈 수 있다.

그는 내가 주술사라고 말하지만 나는 아직 잘 모르겠다.

그는 내가 오르가즘을 느끼고 나면 목 뒤에 있는 반점이 심홍빛을 띤다고 내게 말한다.

내가 말한다. "이거 계속하자."

바에서 집으로 가는 길 우리는 수풀에서 노래하는 나이팅게일소리를 듣는다. 나이팅게일은 영국보다 독일에서, 심지어는 베를린 중심부에서도 훨씬 흔하게 발견되는데, 1,500쌍이 이 도시에 있는 걸로 추정된다. 우리는 이 소리를 녹음하는데 그 안에 내 숨죽인 웃음소리가 담긴다. 나이팅게일은 마치 호흡을 고르거나 에너지를 모으려는 것처럼 몇 초 동안 소리를 멈췄다가 다시 고강도의 노래를 토해낸다.

그가 말한다. "이거 계속하자."

나는 교통섬이 이 도시의 유일한 땅처럼 보이게, 나머지는 모두 바다처럼 보이게, 교통섬 지도를 그릴 계획을 세운다.

4. 모리츠플라츠

크로이츠베르크

좌표: 52.503633, 13.410587

접근: 어려움. 통행 차량이 끊이지 않음.

임무 보고: 동서남북 네 방향으로 빠져나갈 수 있는 완벽한 원형의 회전 교차로. 중앙에 서 있어야만 쭉 뻗은 도로를 내려다보며 그 기하학적 구조를 제대로 감상할 수 있다. 원의 중앙에는 가운데 높다란 U-반 열차 표지판이 있는 사각의 정원이 있다. 정원에는 대나무가 있다. 우리는 땅속에서 우르릉대는 U-반을, 훈훈한 여름 바람을 느낄 수 있다. 혼잡 시간대 통행차량의 소음을, 그리고 때로는 지나가는 자동차의 열린 창으로 흘러나오는 음악을 들을 수도 있다. 개들이 짖는다. 누군가가 섬의 정의는 그냥 바위나 노두가 아니라, '양 한 마리가 뜯을 수 있을 정도의 식생'이 있는 곳이라고 내게 알

려준 적이 있었다. 이곳에는 양이 없지만, 있어도 될 것 같다. 해안선을 따라 쌩쌩 달리는 차량이 울타리 역할을 해줄 것이 므로.

요즘에는 거의 울지 않는다. 아침이면, 한 번씩 그는 내가 빛 난다고 말한다.

내 턱이 그의 까칠한 수염 때문에 온통 빨갛고 내 머리칼은 뒤로 항상 둥글게 말린 모양이다. 나는 한 번도 외로워본 적이 없었던 것 같다. 또는 내가 얼마나 외로웠던가를 떠올릴수록 지금 이 순간이 얼마나 감사한가를 되새기게 된다.

나는 그에게 10년 전 내 '팬질'에 대해 이야기하고 그는 내게 자기가 살았던 자유연애 공동체에 대해 이야기한다.

나는 이 순간의 감각을 항상 기억하자고 혼잣말을 한다. 내 피부에 닿는 뜨거운 햇살을, 망고 아이스크림을, 내 손 안에 든 그의 손을. 나는 긴장이 풀려 있다. 오후 내내 찬 호수를 들락 거렸고 친구들과 함께 나무 그늘에서 소시지를 먹었다. 우리는 웃으며 물 위에 싸구려 공기 주입식 보트를 띄웠다. 아이스크림 이 톡 쏘면서도 맛있고, 추운 섬에서 몇 년간 외롭게 지낸 나는 더운 날씨의, 그의 따뜻한 손의, 우리 사이에서 탁탁 튀는 에너지의 가치를 안다. 나는 입맛이 좋다. 여름의 첫 주말이다. 그와 함께, 맨 정신으로, 베를린에 있는 게 행복하다. 아이스크림이 진짜 맛있고 태양이 따사롭고 그의 손을 잡고 길을 걷는 게 달콤하다.

내 왼쪽 가슴에서 사타구니에 이르도록, 너의 집에서 나의 집까지 가는 길을 타투로 새기고 싶어.

너의 브라우저 검색 기록을 수놓은 퀼트가 있으면 좋겠어. 내가 너의 데이터 안에서 잠들 수 있도록.

너의 흉곽 X-레이를 원해.

너의 심장박동 소리 파일을 원해.

우리가 떨어져 있는 동안 네가 나를 생각할 때 네 뇌에서 일어나는 전자 활동의 생중계를 원해.

숲

5월

꽃의 달Flower Moon

우리는 기차역에서 만나고 그는 내게 작은 손전등과 주머니 칼을 준다. 우리는 이 도시를 벗어나 북쪽으로 한 시간 거리에 있는 독일 동부 브란덴부르크로, 인구밀도가 대단히 낮고 거의 잊히다시피 한 지역으로 여행을 떠난다. 그런 다음 버스를 타고 굽이굽이 달려 농촌과 마을을 통과한다. 농가 건물들, 나무 사이로 어룽지는 햇살, 사과 꽃, 둥지 속의 황새들, 내 다리 위에 놓인 그의 손.

나는 밤에 '발트der Wald(숲)'에서 나는 소리를 언제나 기억하게 되리라는 걸 안다. 두루미가 자신만만하고 기쁨에 겨운 전사처럼 새된 소리를 지르며 머리 위로 날아간다. 우리가 500년 된 떡갈나무 밑에서 캠핑을 하는 며칠 동안 뻐꾸기가 거의 쉬지 않고 운다. 농장 건물 벽에는 박쥐들이 있고 우리는 박쥐 새끼들이 처마에서 짹짹대는 소리를 듣는다.

배낭을 메고 숲을 통과해서 우리가 캠핑을 할 농가로 몇 킬로미터를 걸어가다가 그가 내 손을 끌고 산책로에서 벗어나자 나는 망설임 없이 따라간다. 안쪽 더 깊이 들어가니 그가 내 목덜미에 키스를 하고 그다음 우리는 섹스를 한다. 신발 하나를 벗고 바지에서 다리 한쪽을 빼낸 채 나무에 등을 기댄 자세로. 양말만 신은 내 발이 허공을 찌른다. 나는 누가 볼세라 초조하지만 항상 그를 너무 많이 원한다. 난 어디서든지 그와 섹스를 할 것이다.

농가는 수천 에이커에 달하는 국립공원 자연보존지구 가운데 작게 개간한 지역 안에 있다. 주인들은 약간의 정부 보조금을 받고 양과 염소가 풀을 뜯는 지역을 환경 프로젝트의 일부로 유지한다. 보통 이 보존지구 안에서는 캠핑과 불 피우기가 금지되어 있지만 우리는 둘 다 허락을 받은 상태다.

호수를 보기 전 우리는 내가 이제까지 한 번도 보지 못한 크고 비밀스러운 새, 알락해오라기 소리를 듣는다. 거의 기계적이고 낮은 진동음이다. 황소나, 디저리두(호주 전통악기—옮긴이), 멀리 있는 테크노 사운드 시스템, 물과 나무 사이를 지나며 진동하는 베이스음 같다. 우리는 그 새를 보지는 못하지만 종종 그 소리를 듣는다. 호수 반대편 끝에 있는 갈대밭에서, 항상 세 번씩, 굵게 울리는 소리. 호수의 얕은 물에는 개구리가 있다. 와글와글 대고, 짝짓기를 하고, 번식력이 좋고, 역겹고, 만연한. 그 소리는 뭔가 다르다. 우리는 땀이 찬 텐트 안에서 그 소리에 귀를 기울인다. 그가 벼룩시장에서 산 텐트는 키가 큰 두 사람이 들어가기에는 너무 작다. 침낭 지퍼를 같이 채우고 밤에는 한 몸이 되어 뒤엉켜 자는데도.

그 와중에 나는 모기의 공격을 당한다. 텐트 안에서 그는 내 등에서 모기 물린 자국 50개를 센다. 나는 땀투성이인 데다 물어뜯겼다. 손이 더럽다. 생리를 한다.

우리는 밤의 소음과 함께 숲에서 사흘을 지내며, 새로 시작하는 연인으로서 우리의 리듬을 찾고, 호수 물을 끓여서 차를 만든다. 그는 나무를 자르고 채소를 썰고 내가 추울 때 나를 따듯하게 해준다. 나는 호수에서 수영을 하고, 냄비를 젓고, 나

뭇가지를 모은다. 밤이 점점 깊어지는 동안 우리는 불가에서 이야기를 나눈다.

서로의 기억과 실망에 대해 알아보자. 내가 눈을 뜨기 전에 너에게 내 꿈을 이야기할게.

우리는 새벽의 합창에, 내가 들어본 것 중에서 가장 시끄럽고 의기양양한 소리에 잠이 깬다. 숲의 모든 새들, 박새와 찌르레기와 딱따구리. 우리가 그 모든 새들의 한가운데 있는 기분이다. 저 멀리서 나는 끼이익 하는 맹금 소리를 듣는다. 붉은솔개 같다.

아침이 되어 텐트를 젖히니 염소와 양이 우리를 둘러싸고 있다. 풀을 뜯으면서 조용히 텐트로 점점 가까이 다가온 것이다. 우리는 움직이지 않고 가만히 서로를 응시한다.

핸드폰 배터리가 나갔지만 개의치 않는다. 나는 낯선 나라에, 연락이 두절된 상태로, 광막한 숲 한가운데의 개간지에, 사랑에 빠진 남자와, 떡갈나무 아래 자리 잡은 텐트에 있다. 내가 여기 있다니 황홀하면서도 당황스럽다.

어둠 속에서는 청각이 더 예민해진다. 숲의 소리들이 태곳적 기억에 말을 건다. 알아차리지 못했던 욕망을 건드린다. 저

깊은 내면의 나는 야생의 위험과 계절에 대해, 동물의 다양한 유형에 대해 이미 알고 있고, 여기에 나와서 이런 경험을 하는 것이 마치 집에 돌아온 것처럼 느껴진다. 마음이 놓인다. 우리 텐트 안에서 그에게 안긴 채로, 와글대는 개구리들과 새된 소리를 내는 포식자들과 사방에서 올라오는 늪 사이에 있는 것이.

우리는 모닥불에 베이컨과 달걀을 익혀 먹은 뒤, 나무 사이로 쏟아져 들어오는 햇살을 살갗으로 받으며 함께 누워 있다가 깊은 잠에 빠진다. 나는 깨어나서 어리둥절해하고 그가 "내가 누구게?" 하며 나를 놀린다. 나는 "내 남자친구"라고 대답하고, 그때부터 그는 남자친구가 된다.

우리는 물건을 구하기 위해 농가에서 자전거를 빌려 제일 가까운 마을로 자전거를 타고 간다. 사냥꾼이 망보는 장소에서 키스를 하고, 알디 슈퍼마켓에서도 키스를 한다. 돌아오는 길에 자전거 한 대가 망가져서, 우리가 고치려고 애쓰고 있는데 비가 오기 시작한다. 쉽거나 편하지는 않지만 그곳에 진짜로 속해 있다는 이 감각이 좋다. 손에는 기름이, 얼굴에는 빗물이.

우리는 습지성 호수에, 허벅지까지 몸을 담그고, 아주 깊이 들어가서 그릇과 팬을 씻는다.

지저분하고, 달뜨고, 만개했던 이 캠핑 여행과 함께 여름이
지나간다.

페르케어스인젤른(교통섬)에 이어서

7월

천둥의 달Thunder Moon

연인이여, 당신의 눈에 한 번씩 깃드는 그 슬픔은 무엇인가
요? 허망함인가요. 지나간 고통의 일별인가요. 아니면 배우의
수치심인가요.

폭염이다. 히체벨레Hitzewelle. 굉장한 천둥과 번개가 도시를
가른다. 나는 모기 자국에 얼린 완두를 올리고 바닥에 놓인 빨
간 매트리스에 누워 있다. 냉장고에 물을 여러 병 넣어두고 낮

에는 커튼을 쳐둬야 한다는 걸 알게 된다. 거리는 술꾼과 기인들이 가득하다.

기쁘게도 그가 나의 섬에 흥미를 갖는다. 우리는 구글맵상에서 함께 시골집으로 날아가 우리가 산책을 하고, 숨고, 집을 지을 장소를 짚어본다. 우리는 여름이 끝나면 도시의 섬이 아닌 진짜 섬, 나의 고향으로 돌아갈 계획을 세운다. 그는 아빠의 농가에서 일하고 싶어하고, 나는 바다가 그립다.

우리가 우리 계획을 사람들에게 이야기하기 시작할 때쯤 나는 반은 그에게 홀려 있고 반은 그가 어떤 식으로든 스스로를 입증하기를 기다리는 중이다. 우리는 나의 부모님에게 우리가 같이 섬으로 돌아갈 거라고 말한다. B는 용감하고 로맨틱하다고 말하고 나는 동의한다.

경고 신호가 있다. 대낮부터 마리화나를 말아 피운다든지, 가족은 거의 언급하지 않는다든지, 모호한 신비주의가 기본값인 것 같은. 나는 구글에서 그를 검색해보고, 그가 살았던 다른 인생과 그의 다른 이름들을, 그가 잘생긴 얼굴을 내밀었던 다른 방식들을 발견한다. 삶은 복잡하고 나는 그가 나에게 자신의 작은 일부만을 보여주었음을 깨닫는다. 나는 차분함과 떨림과 열린 태도를 유지한다.

모든 사람에게는 상처와 실수와 오점이 있어. 나는 타성에 젖어 헤어나지 못하는 게 어떤 건지 알아.

5. 슈피헤른슈트라세 인젤

빌메르스도르프/쇠네베르크

좌표: 52.495829, 13.330814

접근: 쉬움, 남쪽 끝에 보행자 건널목이 있음.

임무 보고: 우리는 이 독특한 형태의 섬에서 잠깐 머무는 동안 쥐 세 마리와 토끼 두 마리를 본다. 동물들이 마실 빗물을 받으려고 사람들이 땅에 통을 여러 개 놓아두었고, 땅에는 토끼굴이 숭숭 뚫려 있다. 그 아래 U-반 역이 있다. 비상 출구가 이 교통섬으로 연결되고 우리는 철망을 통해 지하 계단을 엿본다. 회전 기둥이 지나가는 차량을 향해 피자와 평생교육 대학과 육상 선수권 대회를 광고한다. 이 섬에서는 지린내가 난다. 인간의 배설물 냄새. 이 냄새에 쥐까지 있으니 정착하기에 매력적인 장소는 아니다.

나는 새들과 함께 일찍 눈을 뜨고, 한 시간 정도 그의 옆에 누워서 그에게 나의 우려에 대해 —그가 별다른 활동을 하지 않는 것과 우리가 함께 있지 않을 때 시간을 보내는 방식에 대해— 그에게 말을 해야겠다고 결심한 뒤, 제일 좋은 표현을 고르며 고심한다. 그는 섬과 농장에 대해 더 말하고 싶어하지만 나는 걱정으로 주춤한다.

하지만 나를 보듬는 그의 팔이 너무 좋아서 계획했던 걸 말하는 것을 잊어버린다.

우리는 혼잡한 코트부서 토어역 회전 교차로의 한 카페 바깥에서, 핸드폰 가게와 터키인의 채소 과일 가판대와 80년대 아파트 단지 옆에서 중국 음식을 먹는다. 집으로 오는 길에 우리는 발길을 멈추고 아이들이 중국식 등을 띄우는 모습을 구경한다. 등은 따뜻한 공기 속으로 천천히 떠오르다가, 집 위로 올라간 다음에는 동쪽으로 부드럽게, 베를린 바깥을 향해 날아간다.

그는 내가 임신을 하면 내 배를 오일로 문질러줄 거라고 말한다. 그는 길에서 금발 소녀를 보고 우리 아이를 생각했다고 말한다.

그는 어둠 속에서 내 엉덩이뼈를 움켜쥐고는 그걸로 나를 알아낼 수 있다고 말한다.

나는 중고 가게에서 산 파란 기모노를 입고 어릴 때처럼 흐

트러진 단발로 머리칼을 자른다. 그는 전보다 더 주의 깊고 강렬하게 나를 바라본다. 나는 그게 그의 마음이 완전히 열리는 순간이라고 생각했지만, 시간이 지난 뒤, 그가 내 몸을 보는 마지막 순간이 될 것임을 스스로 알았다고 생각하게 된다.

나에게는 잠들어 있는 그의 모습이 담긴 사진이 많아. 시간이 흐른 뒤, 나는 그가 너무 자주 잠들어 있었다는 걸 깨달아.

이제는 가끔, 누군가가 '우리'에 대해, 마음 놓고 확실하게 이야기할 때, 나는 '그가 내일 너를 떠날 수도 있다'고 생각한다. '너는 다른 사람의 머릿속에서 무슨 일이 벌어지는지를 전혀 알지 못한다'고 생각한다.

여덟 살인가 아홉 살 때 워터파크에 가서 바다사자 쇼를 보다가 무대 위로 올라가겠다고 자원을 한 적이 있다. 나는 손을 들고 나를 뽑아달라고 절박하게 애원했다. 무대 위에서 진행자는 나에게 바다사자와 함께 물속으로 뛰어들라고 말했다. 나는 주저하지 않고, 용감하고 씩씩하게 달려서 분홍색 운동복을 입은 몸을 풀장을 향해 던졌지만, 내 발이 바닥에서 떨어지자마자, 진행자가 나를 붙잡아서 다시 끌고 갔다. 진행자와 관중석에 있던 모든 사람이 웃고 있었다. 진행자는 내가 진짜로 뛰어

내릴 거라고는 예상하지 못했다. 그건 너무 어이없는 행동이니까. 나는 혼란스러웠고 휘청거렸다. 나는 그냥 그렇게 하고 싶었다. 두렵지 않았다. 진행자가 내게 그렇게 하라고 했으니까. 나는 가족에게 돌아갔다. 창피했다.

과거가 그의 발목을 잡고 있고 미래가 나에게 손짓하고 있다.

여름이 느닷없이 끝난다.

6. 이름 없는, 쌍둥이 원형교차로

리히텐베르크

좌표: 52.539113, 13.539870

임무 보고: 나 혼자 간 마지막 교통섬. 나는 충격에 빠져 있고, 머릿속에서는 '그가 나를 떠났어, 그가 나를 떠났어' 하는 소리가 맴돈다. 깊고 깊은 동베를린 리히텐베르크역, 거대한 교차로 가장자리에 있는 이 섬의 사방에는 플라텐바우 건물과 철탑과 차량이 있다. 나무들이 매연을 흡수한다. 이곳은 도로에서는 거의 눈에 띄지 않는다. 나는 라쿤을 찾으며 오줌을 눈다. 심장은 비명을 지르고 이제는 키스할 사람이 없다. 나는 위성지도로 이 장소를 보았고, 이케아와 주유소를 지나, 세차장과 도매상점들을 지나 열차를 타고 여기에 왔다. 이 섬

을 신경 쓰는 사람은 아무도 없다. 공산주의의 잔해, 꿈의 상실. 내가 의미를 찾고 있는 가망 없는 장소들. 이제 거의 가을이고, 식물들이 마른 잎을 떨구는 중이다. 나는 이 프로젝트를 끝낼 것이다. 나는 내가 시작한 일을 마무리할 것이다.

그가 마치 머리를 향해 생각지도 못한 한 방을 날리듯 이메일을 보낸다. 막 시작 중이라고 생각했던 우리의 연애가 끝난다.

편지를 읽고 나서 나는 이상하게 차분하다. 옷을 갈아입고, 화장을 하고, 그의 집으로 자전거를 타고 간다. 얼굴을 보며 직접 이야기할 수만 있으면, 우리는 이 상황을 정리할 수 있다. 그는 그냥 겁을 먹은 것뿐이다. 하지만 그는 집에 없고 하우스메이트가 공원에 갔다고 알려준다. 나는 친구들과 함께 있는 그를 발견한다. 그는 편안해 보인다. 그런 이메일을 보내고 난 다음이라는 걸 믿을 수가 없다.

나는 그에게 설명을 요구하고, 한 시간여 동안 우리는 공원에 있는 풀밭에 앉아 진지하고 긴급한 대화를 나누며 줄담배를 피운다. 나는 말하고 질문하고 애원하고 울부짖지만 이미 벽은 세워졌다. 그는 다른 사람 같다. 그는 마음을 정했다. 나는 혼자 자전거를 타고 집에 돌아간다. 다리가 떨린다. 내가 내 몸 바깥 어딘가에 있는 것 같다.

나는 분노로 타오른다. 그는 나에게 우리의 미래에 대한 이 야기를 할 때 아무런 경고를 하지 않았다. 그는 내 모든 버튼을 눌렀고, 나는 그게 너무 빠르다는 걸 알면서도 그에게 홀딱 반 했다. 나에게는 다른 선택지가 없었다.

때로 나는 거의 약에 취한 사람 같다. 심장이 내동댕이쳐졌 는데도 빨래를 널고 리들 슈퍼에 가는 나를 보라.

나는 집착한다. 마지막 대화가 끝날 무렵에 그가 너무 낮게 읊조린 단어가 있었는데 그게 내 이름인지 '자기야'인지 제대로 알아듣지 못했다.

아무 연락이 없는 열이틀을 보내고 나서 '보고 싶어' 문자를 보낸다. 묵묵부답.

어떻게 이렇게 갑자기 바뀔 수가 있는지, 허를 찔린 나는 당 황한다. 그게 나에게 육체적인 영향을 미친다. 피부가 소금물 이 말라붙은 듯 번들대고 입에서는 신맛이 느껴진다. 담배를 너무 많이 피우고 충분히 먹지 않는다. 내 몸은 그를 원한다.

책을 조금 정리했다. 살이 빠졌다. 돈을 좀 많이 쓰는 중이 다. 하지만 이 정도의 무모함은 아무것도 아니다.

시간이 조금 걸리지만, 나는 사람들에게 전화를 해 나의 계획이 바뀌었음을 알린다.

교통섬은 차량과 도로에 에워싸여 있다. 매력적으로 보이도록 낙천적인 풍경을 연출하고 있지만 실은 매연이 가득하고, 시끄럽고, 불쾌하고, 쉴 곳도 없다.

우리는 스코틀랜드의 섬들을 꿈꿨지만 내륙 도시에 있었다. 에워싸인 우리에게는 우리가 일할 수 있는 장소에 대한 판타지가 있었다. 우리는 잠시 물가로 나와서, 빨간 매트리스 위에, 우리가 함께 만든 어느 여름의 작은 섬 위에 있었다.

디지털 고고학

8월

곡식의 달Grain Moon

상처와 충격 속에서도, 이 도시에서 마지막 몇 주를 최대한 활용하려고 하는 완강한 에너지가 나를 움직인다. 나에게는 무참히 짓밟힌 자의 불꽃이 있다. 나는 교통섬 프로젝트를 마칠 것이다. 베를린의 훌륭한 대중 명소들을 더 많이 방문할 것이다. 일단 베를린 신新 박물관부터.

갤러리를 거닐다가 화려한 황금모자에 유달리 끌린다. 황금모자는 스포트라이트가 들어오는 전시장에서 빛을 뿜어낸다.

아이가 그린 마법사의 모자가 실현된 듯한, 우스꽝스러운 장신구, 순금의 오만함, 하늘을 찌를 듯한 모자.

베를린 황금모자는 후기 청동기시대에 만들어진 것으로 추정되는 보물이다. 서로 다른 유럽 지역에서 발견된, 같은 시대의 황금고깔모자 네 개 중에서 보존 상태가 가장 좋다. 이 모자는 1990년대에 시장에 등장했다. 출처는 미상이다. 황금 판 위에 문양과 선과 동심원을 새겨넣은, 장엄한 물건이다.

화려함 외에 그 황금모자가 나를 흥분시키는 부분은 그 패턴이 천문학적 주기를 상징한다는 점이다. 그것은 '장기간의 태음태양력'으로 기능하는 듯하다. 무늬들은 메토닉주기, 그러니까 태양년(지구가 태양을 도는 데 걸리는 시간)과 태음월(달의 자전과 궤도 순환 시간)의 공배수인 19년의 기간에 상응한다. 이 상징들을 셈하고 곱하면 달력 체계를 고안할 수 있다.

이 모자에는 한 인간이 일생 동안 모을 수 있는 것보다 더 많은 지식이 담겨 있다. 이 모자는 57개월까지의 기간을 보여주는데, 천체의 움직임에서 이 패턴을 관찰하고, 이해하고 기록하려면 몇 배의 시간이 걸릴 것이다. 이 모자는 정보와 지혜를 저장했다가 아래 세대로 전달하는 한 방법이고, 그 소유자는 이 지식—천문을 예측하는 능력—에 접근할 수 있다는 것만으로도 마법의 힘을 가진 듯한 느낌이 들었으리라.

내 고향 섬에서는 다양한 고고학적 발견이 이루어졌다. 어린 시절을 보냈던 농가로부터 600미터 떨어진 곳에서는 은으로 된 바이킹의 보물 한 무더기—브로치, 목걸이, 팔찌 등—가 발견되었다. 해안가에서는 청동기시대 초에 버려진 한 신석기 마을에서 비밀스러운 돌 구슬들이 출토되기도 했다. 이 귀중품—모자, 보석, 공—은 사람들이 지키고 보존해야 할 정도로 중요하다고 여기던 물건이고 그들이 속해 있던 문화에 대해 알려준다.

그 섬에서는 '네스 오브 브로드거'라고 하는 현장에서 지난 10년 동안 대대적인 고고학적 발굴이 진행되었다. 지역 기후 탓에 작업은 여름 몇 주 동안만 현장에서 이루어진다. 전문적인 고고학자들과 땅 파기 자원봉사자들로 이루어진 팀이 약 5,000년 전, 신석기시대의 일종의 '사원 단지'를 복원 중이다. 그 자리에서 소 400마리의 뼈가 발견되었는데, 이는 1,000년 동안 그 장소를 사용하다가 폐쇄할 때, 거대한 철거 희생의식이 있었음을 시사한다.

내 역사적 관심 분야는 여름이 끝나가던 2주 동안이다. 나는 세부적인 사실들을 기억한다. 그 이메일을 열었을 때 고르곤졸라를 곁들인 바게트를 막 다 먹은 참이었다. 마지막 한 입이 내려가고 있었다. 몇 달째 그 빵이 목구멍에 걸린 느낌이다.

나는 그 며칠을 마치 범죄 현장처럼 다루면서 문자 메시지와 이메일과 통화 기록을 보고 또 보면서 무슨 일이 일어난 건지를 이해하려 노력한다. 내가 뭔가를 다르게 했더라면 막을 수 있었을까? 예전 이메일들을 다시 읽어본다. 우리 관계를 끝내는 그 이메일을 보내기 겨우 엿새 전에 그는 '다음 주에 우리가 쓸 침대를 만들 거야' 라고 적었다.

고고학에서 지층학은 현장에 있는 모든 것이 어떻게, 어떤 순서로 거기 있게 되었는지를, 발견된 물건과 건축물과 맥락을 연구해서 밝히는 과학이다. '절단면'은 과거 어느 지점에 구멍이 파였는지, 변화가 일어난 시점이 언제이고, 침전물이 언제 제거되었는지를 보여준다.

나는 다양한 모든 각도에서 한층 한층 증거를 벗겨내며, 그것이 이런저런 가설에 부합하는지를 확인하며 조사한다. 그는 내게 전 여자친구가 베를린에 돌아온 걸 몰랐다고 말했다. 하지만 그의 전 여자친구는 자신의 인스타그램에 이 사실을 미리 알렸다. 문자 한 통이 우리 계획을 갑자기 취소시켰다. 부재중 전화에 대한 답이 돌아오기까지 긴 공백이 있었다. 그 이메일을 보내기 이틀 전에 찍은 사진에서 그의 피부가 창백하게 번들대는 건 죄책감 때문인가?

베를린을 떠난 지 6개월이 되었지만 나는 아직도 베를린의 일기예보를 확인하고 있다. 그리고 바뀌지 않는 그의 페이스북 페이지를 강박적으로 확인하고, 애정 어린, 시시한 이메일들을 다시 읽는다. 구글에 그의 이름을 넣어보는 짓을 그만둬야 한다. 우리의 물리적 관계는 끊어졌다. 그는 나에게 더 이상 새로운 메시지를 보내지 않는데도 나는 디지털 연결에 매달린다. 내가 이 페이지를 몇 번이나 스크롤했던가? 이 대리 접촉은 나를 진정시킨다. 그의 이름은 진작에 내 받은편지함 저 아래로 내려갔지만 아직도 그의 편지를 기다리는 기분이다. 나는 그가 몇 시간 몇 분 동안 왓츠앱에 머물렀는지를 알고, 이를 통해 그와 더 가까워진 기분을 느낀다.

20분 동안 졸다가 깨서 혹시나 하는 마음으로 핸드폰을 들여다본다. 에러 메시지에 새로운 의미가 부여된다. '당신의 연결이 중단되었습니다.' 하루하루가 담배를 피우고 그의 페이지를 반복적으로 확인하는 일에 얽매인다. 나 자신이 자랑스럽지 않다. 내 행동이 건강하지 않다는 걸 알면서도 멈추지 못한다.

B는 공포는 고통의 기억이지만 중독은 쾌락의 기억이라고 내게 말했다.

나는 조금만 볼 거라고, 돌 아래만 살짝 보겠다고 말했지만, 여기 완전히 무릎을 꿇고서 흙투성이 손과 땀투성이 얼굴로, 찾아낼 수 있는 건 뭐든 찾아내려고 처절하게 땅을 파고 있어.

나의 많은 이야기 상대들은 연애 중에 인터넷으로 미친 '스토킹' 행동을 했던 경험담이 있다. 처음에는 친구 사이의 가벼운 질문이었던 것이 이메일 계정 해킹, 비밀번호 변경, 차단, 차단 해제, 다시 차단, 삭제, 자체적인 디지털 유배, 가짜 프로필, 거짓 행세, 강박과 고통에 대한 자백으로 이어진다.

B는 다른 모든 것에서 차단당하자 자전거 앱인 스트라바를 이용해서 자신의 전 남자친구가 어디 있는지를 확인했다.

B는 자신의 전 여자친구에게 생일 선물을 보냈고 몇 달간 몇 시간에 한 번꼴로 전 여자친구의 '마지막 온라인 접속 시점'을 확인했다.

B는 어떤 종류의 패턴을 알아내려고, 바람둥이가 문자 메시지에 답장을 하는데 걸리는 시간을 스프레드시트로 만들었다고 말했다.

B는 전 남자친구의 피자 주문 포인트를 자신에게 적립해주는 이메일을 아직도 받는다고 내게 말했다.

나는 말하고 싶다. 보라구, 이렇게 많은 사람들이 이런 짓을 했어. 그러니까 그건 그렇게 미친 짓일 리 없어.

모두에게는 각자의 온라인 히스토리가, 어마어마한 양의 데이터 흔적들이 있다. 온라인에서 그를 검색하는 것은 정당한 일 같다. 기술은 우리가 사랑했던 사람을 찾아내려는 본능을 충족시켜준다.

나는 이 돌덩어리를 뒤집을 것이다. 나의 뭉툭한 삽과 더러운 손은 내 사랑의 크기를 보여준다. 나는 지층을 파고들어갈 것이다. 맨 위에는 밀봉층이 있다. 그다음, 잔디와 천연 하층토 사이에 인간 역사의 증거가 있다.

그다음에는, 삽이 들어가지 않는 밑바닥이 있다.

1년 동안, 어쩌면 그 이상, 나는 온라인에서 그를 검색하지 않으려는 결심을 반복한다. 나는 할 만큼 했다고 자신에게 말한다. 나의 검색 히스토리를 정리한다. 침실 가구를 이리저리

옮긴다. 마음을 다잡는다, 오늘부터 시작이라고. 그런 다음 달력에 날짜를 매긴다. 하루, 이틀. 그 다짐이 이틀을 넘기는 일은 거의 없다.

왜 그럴까? 첫째, 끝장난 관계의 많은 추억들이 디지털로 저장되어 있다. 첫 연락은 데이팅앱으로 주고받았고, 그 다음에는 이메일과 문자로 넘어갔다. 이 모든 대화가 아직 거기에, 그 열정과 입씨름이, 아카이브되고, 디지털화되어, 검색 가능한 형태로 저장되어 있다. 이게 경이로운 일이자 선물인지, 아니면 끔찍한 덫인지 모르겠다. 이 모든 걸 그냥 남겨두고 돌아보지 않을, 또는 그 모든 대화를 삭제할 자제력이 없다.

고고학자들은 구덩이를 메우고 있는 돌무더기와 흙 중에서도 인간 활동의 흔적이 그 안에 있다고 암시하는 '내용물'에 대해 이야기한다. '폐석'은 파낸 흙 가운데 흥미로운 요소가 전혀 들어 있지 않은 것들이다.

둘째, 소셜미디어로 인해 누군가의 삶을 예의주시하기가 훨씬 쉬워졌다. 또는 그걸 흘려보내기가 어려워졌다. 친구들은 온라인에서 옛 연인을 피하려고 아무리 노력해도 '추천 친구'로, 혹은 몇 년 만에 달린 댓글이나 옛날 사진의 태그 때문에 한 번씩 맞닥뜨리게 된다고 말한다. 최악의 사태는 옛 연인에 대한 정보를 피하려고 노력해오다가 그 사람의 새로운 연애 관계나 그의 자식을 마주치는 것이다. 그런 일은 늘 일어난다.

셋째, 의사소통이 너무 쉽다. 주머니에 넣고 다니는 이 반들반들한 기계를 손가락으로 톡톡 치기만 하면 된다. 1,000마일의 거리와 6개월의 시간이 우리를 갈라놓고 있는데도, 접촉할 수 있다는 가능성이 애간장을 녹인다. 거기에는 가혹한 잠재력이 있다. 나는 가장자리를 긁어댄다. 문자 메시지를 보내지 않으려면, 전화를 하지 않으려면, 우물로 곤두박질하는 내 사진을 보내지 않으려면 애를 써야 한다.

이별은 친구나 가족이나 다른 누구와도 함께 나누지 못하는 비통함이다. 다른 사람들은 그냥 그 관계가 끝났다는 걸 받아들이지만 나에게 그 관계는 전혀 끝난 게 아니다. 그것은 비통함과 비슷하지만, 그 사람은 죽지 않았다. 그는 유튜브로 목공 영상을 보고 있고 이틀에 한 번꼴로 페이스북에 들어온다.

핸드폰 화면에 그의 이름이 뜨는 순간 귀가 윙윙 울린다. 그가 몇 달 만에 처음으로 내게 보낸 이메일 때문에 내 심장이 너무 심하게 쿵쾅대서 맥박이 골격을 관통해서 발끝까지 진동하는 게 느껴질 정도다. 이게 내가 찾던 예기치 못한 황홀경, 에로틱한 충격인가? 메일 내용은 간단하고 예의바르다. '네가 어떻게 지내는지 가끔 소식 전해줘'라는 참담한 끝인사 뒤에 '행운을 빌며'가 딸려 있다. 나는 이 냉랭함이 그저 번역 때문이기를 절박하게 바란다.

나는 어떤 흰 새, 눈부신 맹금인 흰매가 다른 흰 새, 백조의 흰 살을 먹고 있는 영상을 보고 있어.

나는 기기와 인간의 융합에 관심이 있다. 어떤 기술 전문 게시판에 어떤 사람이 자기 아이폰을 가리키면서 '불과 2주쯤 전에 나한테 깜빡임 증상이 있었다'라고 쓴다. 우리는 전화 연결이 불안정할 때 "네가 안 들려"라고 말한다. 나는 다른 소통 방법이 없을 때 '대화 가능함'을 의미하는 프로필 사진 위의 녹색 불빛을 그 사람과 동일시한다. B는 위치앱 덕분에 자신의 전 남자친구가 어디에 있는지 확인할 수 있다고 말했다가 자기 말을 정정했다. 그건 그의 핸드폰이 어디에 있는지를 알 수 있다는 의미였다.

나는 무언가를 캐고 있지만 그게 뭔지는 모른다. 구글에서 그의 이름을 검색하고, 내게 위로 또는 상처를 줄 무언가를 찾고 있다. 나의 디지털 고고학은 그의 과거를 조사하도록 안내한다. 나는 폐기된 프로필들을, 망한 직장의 웹사이트들을, 15년 전 다른 도시의 파티장에서 찍은 사진 폴더들을, 다른 여자의 사진들을 발견한다.

　외로운 사람들은 늦은 밤 구글에 절망적인 질문을 던져. 내 감정에는 리셋 기능이 없어.

　나는 내 과거를 캐는 고고학자다. 예전 문자 메시지를 읽고 사진을 넘겨보느라 시간 가는 줄을 모른다. 그의 말이 뭔가를 의미했던 걸까, 아니면 그냥 아무것도 아닌 돌무더기였을까? 나는 내 컴퓨터 폴더에 우리 관계의 박물관을 큐레이팅한다.

　베를린을 떠난 지 몇 주 만에 우리는 이야기를 나누고, 나는 모종의 이유로 그 대화를 녹음한다. 나는 그 슬픈 잔해를, 비밀 폴더에 MP3파일로 간직하고, 이따금, 종종, 늦은 밤에 그걸 다시 듣는다. 우리는 한 시간 반 동안 스카이프로 이야기를 나눴다. 그는 친절하고 사려 깊고 재미있었지만, 그 결심에는 변함이 없었다. 파일을 다시 들어보니 그가 신중하게, 진심을 담아, 자신의 제2 언어로 하던 말을 다 하기도 전에 내가 한 번씩 그의 말을 잘라먹는 게 들린다. 나는 그가 무슨 말을 하려는지 이해했고 예상했고 대답을 하며 끼어들었다. 그리고 그는 불만스럽다. 두 사람 다 고통스러울 정도로 긍정적이라는 게 느껴진다. 우리는 자신이 얼마나 명랑하고 유머 감각이 있는지를 보여주려는 것 외에는 아무런 이유도 없이 미국식 악센트를 쓴다. 우리는 '난 정말 괜찮아' '아주 잘됐네' '아주 잘됐어' 같은 말을 계속한다.

녹음을 들어보면 내가 그에게 보고 싶다는 말을 하고 난 뒤 긴 침묵이 있다. 그 역시 내가 보고 싶다고 말해주기를 기다리는 틈이다. 하지만 그는 말하지 않는다. 내가 몇 달 동안 곤두박질친 이 틈. 나는 돌아오지 않는 대답을 향해, 미완의 사랑을 향해, 밑 빠진 독을 향해, 아우성치고 있다. 한때 무언가가 있었던 폐허에서 길을 잃었다.

베개 옆에 핸드폰을 놔두면 자는 동안 그 사람을 그려준다고 주장하는 앱을 쓴 적이 있었다. 그 앱은 그 사람의 뒤척임과 콧소리를 뭔가의 방식으로 선과 색으로 변환했다. 나는 우리가 함께 보낸 밤들을 그린, 폭발하는 네온색 그림을 가지고 있다. 그의 꿈이 담긴 컴퓨터 모델이 나의 폴더에 추가된다.

우리 후손들은 우리 데이터에서 의미를 찾으려고 할까?

　나는 온라인에 뭘 올리든 그를 의식한다. 내가 얼마나 잘 지
내고 있는지 그가 알기를 바란다. 숨은 뜻: 나와 다시 만나고
싶지 않아? 내가 올리는 모든 트윗이나 사진을 그의 눈으로 본
다. 네가 뭘 내동댕이쳤는지를 보라구. 다른 사람들이 내 게시
물에 반응한다. 그 사람들은 불쌍한 대용품이지만, 나는 조금
씩, 인터넷에서 인정받는 것을 섹스의 대체제로, 밤에 나를 포
근하게 만들어주는 용도로 의지한다. 키스는 얼마나 많은 '좋
아요'와 같을까?
　나에게는 과거에 나를 붙들어놓는 이런 추보다는 미래로 연
결하는 밧줄이 필요하다. 앞으로 나아가야 한다. 하지만 슈퍼
마켓에 있다가, 아니면 수영장으로 걸어가면서 마음속에서 똑
같은 결함이 반복되고 변형된다.

　나는 새 부츠를 신고 스코틀랜드로 차를 몰고 간다. 하늘과
색깔이 똑같은 잿빛 자동차다. 이 나라의 길이만큼 운전을 하
다보니 긴장된 어깨와 팔이 아프다. 그가 나를 위해 숲속에서
서로를 부르는 올빼미 소리를 녹음해준 파일을 찾았다.

명상을 해야 할까? 기도를 해야 할까? 석공에 워크숍을 예약해야 할까? 아주 슬픈 에세이를 써야 할까? 아주 성난 소설을? 복잡하고 정직한 편지를? 머리를 자르고, 문신을 하고, 다시 술을 마시고, 끌리지도 않는 누군가와 섹스를 하고, AA 모임을 건너뛰고, 침대 밖으로 나오지 말아야 할까? 감각 차단 탱크에 들어가거나, 모르는 사람의 시선을 끌거나, 44일짜리 순례를 하거나, 영국해협에서 수영을 하거나, 아야후아스카(환각성분이 있는 식물—옮긴이)를 먹거나, 기독교인이 되거나, 아기를 가지면 어떨까? 그런 게 효과가 있을까?

B가 남자친구와 헤어지고 나서 1년 뒤, 전 남자친구를 친구 목록에서 삭제한 그날은 대단히 의미심장했다. B가 내게 말했고 나는 이해했다. 소통의 길이 더 이상 열려 있지 않았다. '언팔로우'를 하고, 묶음으로 설정해놓고, 사진을 지우고, 히스토리를 편집하고, 잠수를 하고, 몇 달 동안 '읽음'인 채로 있기. 우리는 서로에게 너무 많은 상처를 준다. 대개의 사람들은 아픈 마음으로 온라인을 떠도는 게 어떤 기분인지 안다.

인터넷은 돌로 되어 있지 않다. 사진은 글보다 메모리를 많이 차지하기 때문에 아주 오래된 캐시 저장형 웹사이트들은 이미지가 삭제되었고 글만 남아 있다.

나는 오래된 붉은 사암에 우리의 문자 메시지를 새기고 싶다. 룬 문자로. 거석의 무게로 내 사랑을 감지하고 싶다. 3,000년의 시간이 지난 뒤 토탄 습지에서 잘 보존된 상태로 떠오르고 싶다. 미래 세대의 손끝이 내 상처를 어루만져주면 좋겠다.

나는 나의 수치스러운 폴더를 드래그해서 컴퓨터 한구석에 있는 여러 층 밑에 파묻는다. 지우지는 않을 것이다. 그렇게는 못할 것이다. 하지만 밀봉층 밑에 그것을 파묻었다. 현재가 밀고 들어와서 그 구덩이를 메우게 할 것이다. 새 시대, 새 지층, 새 흙으로.

나는 석기시대 마을을 굽어보며, 고고학 속에서 성장했다. 역사학자들은 바이킹시대, 철기시대, 청동기시대, 신석기시대 삶의 증거를 발굴한다. 증거는 흙 안에 있다. 우리는 아직도 그 돌을 사용한다. 같은 암석을 재활용해서 새 건물과 벽과 예술품을 만든다. 섬은 고고학 때문에 분열되었지만, 발굴되지 않은 것이 대부분이다. 잦은 폭풍이 고대 유적지를 지면 위로 노출시키지만, 폭풍과 바다와 침식은 그 유적지가 사라지고 있다는 뜻이기도 하다.

나는 내가 두려워하는 것이 침식임을 깨닫는다. 사라지는 것이 두렵다. 나는 그 모든 것을 움켜쥐려고, 구조하려고 시간을 다시 거슬러 올라가 미친 듯이 그것들을 찾고 있다. 그의 타임 라인을 따라 몇 달을 되짚는다. 팔꿈치까지 흙과 폐석 속에 파묻힌 상태로, 과거 속에서 배회한다. 우리가 나누었던 그 농담들은 어디로 갈까? 그리고 그 사랑은 어디로 갈까?

그가 내 사진들을 지웠을 때 나는 배신감을 느꼈다. 그는 우리의 역사를 철거했고, 우리가 세우기 시작한 구조물을 완전히 허물어트렸다. 나는 우리가 실재했다는 것이, 우리가 함께 만들고 간직했던 무언가가 있었다는 것이 알려지고 기억되기를 바란다.

하지만 그건 모두 폐석이다. 모두 못 쓰게 되었다. 한 문명이 무너져내렸다. 상처와 뼈들은 폭력의 증거를 드러낼 것이다. 학살이, 축제가, 화염이 있었다.

회색기러기

10월

사냥꾼의 달Hunter's Moon

나는 정확히 1년간 베를린에서 살았고 그곳에 도착한 작년 바로 그 날짜에 집으로 돌아가는 비행기 편을 예약한다. 마지막 날 링반Ringbahn 열차를 탄다. 도시 중심부를 한바퀴 도는 노선, 베스트크로이츠에서 베스트크로이츠로, 내가 살았던 집 여섯 곳과, 자전거를 탔던 거리들과, 내가 —사계절을 거치며, 태양을 한 바퀴 도는 동안— 일했던 장소들, 새를 관찰하고 친구를 만들고 손 글씨로 책 한 권을 또 채웠던, 장소들을 휘도는 이별의식. 각자의 생각과 목적지가 있는 다른 승객들은 내가 10퍼센트 정도 이해할 수 있는 독일어로 대화를 나누고, 종이 봉투에 든 빵으로 된 음식을 먹고, 스마트폰을 두드리고 있다.

내 쪽에서 조금 불쌍하게 매달리자 그는 만나서 작별인사를 하는 것에 동의한다. 나는 지나치게 차려입고 공원 카페에 일찍 도착한다. 그는 그 이메일 이후 한 달 동안 내가 살이 빠졌다는 걸 알아본다. 새 일자리에 대해 이야기하면서 자신이 나에게 얼마나 상처를 줬는지 별로 의식하지 않고, 나의 묵묵하고 뻣뻣한 바디랭귀지를 알아차리지 못한다. 너무 짧은 시간이 지나자 그는 가야 한다며, 나를 홀로, 채워지지 않은 채로 남겨둔다.

나는 쇠네펠트 공항 바닥에 앉아 목놓아 울며 행인들의 이목을 끈다. 사랑하는 사람을 떠난다니 잘못된 기분이 든다. 하지만 사실 그는 이미 나를 떠났다. 뿔까마귀들이 활주로에 있다. 그리고 내가 떠날 때 수백 명의 시리아 난민들이 베를린에 도착하고, 그 중 많은 사람들이 템펠호프 공항에, 스케이트보드를 타는 사람들과 주말 농장과 참매들 옆에 지은 긴급 수용시설로 이동한다.

나는 비행기에서 섹스에 대해 생각해. 내 모든 전 남자친구들의 다양했던 벨트 버클들을 떠올려.

나는 10월 1일에 영국을 떠났고 10월 1일에 돌아왔다. 어쩌면 나는 떠난 적이 없었는지 모른다. 모두가 여전히 가을 옷을 입고, 똑같은 직장에 다닌다. 나는 똑같은 신발을 신고 10월 2일로 걸어 들어갈 수 있다. 똑같은 사람들이 AA 모임 장소 밖에서 담배를 피우고 있고, B는 아직도 똑같은 사무용 의자에서 숙취로 늘어져 있고, 센트럴라인 열차는 동에서 서로, 서에서 동으로 달린다.

1년 전에 나를 공항까지 태워다준 B가 공항에 마중 나와서 나를 태우고 자기 집으로 데려간다. B는 M25 도로를 달리고 나는 망연자실한 채로 말이 없다. 나는 미래에 와 있지만, 그걸 원치 않는다. 미친 듯이 화가 난다. 이건 내가 원했던 귀환이 아니다.

B의 집으로 돌아오자 B가 내 등에 손을 얹는다. 내 척추뼈에 손길이 느껴진다. 나는 우리가 열다섯살이었을 때 B를 기억한다. 나는 슬퍼하는 20대의 B를 위해 그곳에 있었다. B는 서른 살의 내가 중독 치료 센터에서 나올 때 차를 가지고 데리러 왔다. 그리고 이제 서른네살의 나는 예기치 않게 B의 집 남는

170

방에 있다. 쓸모 없는 한 해였다. 나는 심장이 산산이 부서지고 머리 염색 일도 배우지 못한 채 더 나이 들고 더 가난해져서 돌아왔다.

1년 만에 런던의 기술이 많이 바뀌었다. 비접촉식 결제, 전자담배, 지하철 내 와이파이. 어떤 면에서는 다시 런던에서 지내는 게 수월해진 기분이다. 주위에서 들리는 언어를 이해할 수 있고, 내 주변을 더 깊은 수준에서 해독할 수 있다.

어디서 살지는 정하지 못했지만 B에게서 막 구입한 자동차가 필요할 것이다. 일단 고향 섬과 부모님을 방문해야 한다.

차를 몰고 북쪽으로 가서 에든버러의 B의 집에서 묵은 다음 다시 스코틀랜드를 가로질러 계속 올라간다. 뇌와 몸이 지난 한 해를 처리한다. 우리가 함께 하려고 계획했던 여행이지만 지금 나는 혼자 차를 몰고 있다. 내 신경과 몸은 마지막 몇 달 때문에 혹사당한 상태다. 구글맵이 나를 멀리 더 멀리 북쪽으로 안내하는 동안 피부에 소름이 돋고 생각이 맴을 돈다. 도로는 탁 트여 있고 스코틀랜드는 아름답지만 그 모든 눈부신 풍광이 내 심장을 옥쥔다. 그 아름다움 때문에, 그리고 내가 그에게 보여주는 상상을 했던 바로 그 풍광이기 때문에.

케이스네스에서, 나무가 가늘게 위로 뻗어 올라가고 탁 트인 황야지대가 나타나자, 1년 넘게 떠나 있던 나의 서식지로 빨리 돌아가고 싶어서 조바심이 인다. 갓길에 차를 세우고 풀숲에서 오줌을 눈 다음 담배를 피운다. 광활한 하늘과 황금빛 저녁놀이 기분을 한결 들뜨게 한다.

나는 그날 저녁 페리를 타고, 엄마가 부두에서 나를 맞이한다. 겨울의 첫 돌풍 직후에 집으로 돌아오니 내 도시에서의 옷차림이 부적절하다는 걸 깨닫는다. 나는 다시 싱글이 되어 표류하고, 엄마와 함께 지낸다.

며칠 뒤 아빠가 나를 태우러 오고 우리는 농장으로 돌아간다. 만 뒤쪽으로 그 굴곡을 따라 돌다가 농장이 얼핏이라도 보이기만 하면 항상 내 속이 울렁댄다. 오솔길에 들어서다가 우리는 쥐를 움켜쥔 새매를 본다.

아침은 안 좋을 때가 많다. 지난밤 부질없는 인터넷 검색을 너무 오래 하고 난 뒤 아침에 일어나면 모든 게 무너져내리는 기분이다. 나는 울고, 세수를 하고, 좀 더 울고, 니베아를 눈물과 섞어 얼굴에 문지른다. 다시 작심이일째다. 이 모든 사랑이 그를 향하고, 난 이걸 어떻게 해야 할지 모른다. 사람들은 내가 그걸 허물어야 한다고 말한다. 나는 좋고 아름다운 어떤 것을 허물어야 한다.

하지만 따뜻하게 옷을 입고 밖으로 나가서, 벼랑 끝 들판에서 한 시간 동안 제방을 쌓는다. 담 너머 그루터기만 남은 들판에는 뿔까마귀 한 무리.

손가락에 흙과 돌 냄새가 배고 나는 네가 죽을 만큼 그립다. 사람들이 나를 보는 방식과, 돌연히 끝난 연애 때문에 내가 말소된 듯한 기분 사이에는 묘한 대비가 있다. 하지만 나는 계속 회복에 도움이 될 만한 일들을 한다. 태양을 향해 차를 몰고, 빛에 닿으려고 손을 뻗는다.

익숙한 도로에서 운전을 한다. 낡은 집들은 1년 넘게 허물어져가고 있고 새 집들이 솟아올랐다. 나는 도롯가의 제방을 바라보며 감탄하고 그걸 만든 사람과 수다를 떨지만 내 심장은 1,600킬로미터 멀리, 인터넷 어딘가에 있다.

항구에 이젤을 놓고 풍경화를 그리는 화가를 만난다. 화가는 밀물과 썰물 때문에 풍경이 계속 바뀌어서 그림을 그리기가 힘들다고 말한다.

나는 마음의 상처를 안고 있다. 베를린에 내 일부를 놓고 와서, 이 섬에서는 내가 온전히 존재한다는 기분이 들지 않는다. 무언가가 잘못되었다는 게 육체적으로도 느껴진다. 피부가 깔끄럽고, 마음이 초조하다. 핸드폰에 독일 유심을 다시 끼워보지만 아무런 메시지가 없다.

나는 날짜를 셈하면서 주술적으로 사고한다. 그를 만난 지 4주, 달의 주기가 한 번, 또 한 번 지나면 더 편해질 것이다. 모두가 내게 편해질 거라고 말한다. 때로 나는 위로를 너무 지독하게 원하고, 그에게 전화를 걸어 위로를 구하는 생각을 한다. 하지만 그건 더 이상 거기에 없다.

어쩌면 내가 이토록 집착하는 것은 어린 시절 아빠가 몇 번씩 정신병원에 입원하느라 종종 우리 곁을 떠났지만, 결국에는 항상 돌아왔기 때문인지 모른다. 나는 기다렸고 아빠는 집에 왔다. 나의 일부는 그냥 기다리기만 하면 보상이 주어질 거라고 생각한다.

영국의 마지막 흰꼬리수리, 셰틀랜드 낭떠러지에서 홀로 지내던, 알비노 암컷 이야기를 들은 적이 있다. 흰꼬리수리들은 박해당하다가 멸종했다. 겨우 남은 한 마리는 몇 년을 혼자 지내다가 1917년 한 수집가의 총에 맞았다.

한 주 동안 집에 핸드폰을 놔두고 추수 감사 만찬을 위해 더 작은 섬으로 간다. 인터넷을 뒤로하고 떠난다. 추운 바람 속에서 분노의 연설문을 머릿속으로 작성하며 북쪽 해변 전체를 걷는다. 바다에 잠깐 몸을 담그고, 저녁을 잘 먹고, 심지어는 춤도 조금 추지만, 아, 나는 너무 슬프다. 비어 있는 옆자리가 묵직하게 느껴진다.

노스힐에서, 돌 층계 위로 올라갔다가 들판으로 뛰어내린다. 풀을 뜯던 회색기러기 떼가 놀라 달아난다. 우리 중에서 어느 쪽이 더 놀랐는지는 알지 못한다. 회색기러기는 크고 시끄러운 새이고 이 새들의 끼루룩 소리는 이제 친숙한 섬 생활의 일부다.

지난 몇 년 동안 우리 섬에서 번식을 하고 겨울을 나는 회색기러기의 수가 크게 늘었다. 90년대에는 1,000마리에도 못 미쳤는데 2015년 12월 55,000마리로 확인되었다. 이제는 아이슬란드 인구의 절반이 넘는 수의 새들이 겨울철에 이곳에서 발견된다. 회색기러기들은 이 땅이 자신들에게 적합하다는 걸 알게 되었다. 좋아하는 풀과 둥지를 틀 수 있는 무인도, 방해꾼이 없는 언덕 꼭대기.

같은 기간 다른 종은 수가 줄었지만 회색기러기들은 다양한 요인 때문에 성공적으로 번식했다. 현대의 토지 이용 방식, 특히 농작물을 재배하는 토지와 온화해진 겨울에 잘 맞는다. 전보다 사냥을 당하는 일도 줄었다. 회색기러기는 농지에 있는 풀을 뜯고 땅을 밟아놓기 때문에 농민들에게는 유해 조류일 수 있어서 갈등이 빚어진다.

농민들은 들에서 새를 쫓아낼 기발한 방식을 계속 찾아내고 있다. 허수아비, 겁주기용 자동차, 자동 소음 장치, 햇빛에 반짝이는 CD 매달기, '기러기 겁주는' 여자 고용하기. 그 어떤 것도 효과가 오래 이어지지 않는다. 새들은 더 똑똑해져서 돌아온다.

개체수가 워낙 많이 불어나다보니 비수기에 약간의 기러기 사냥이 허용되었고, 흔치 않은 일이지만 기러기 고기에 식용 허가가 떨어져서 가게와 식당에서 팔리는 중이다. 나는 동네 정육점에서 기러기 가슴살을 조금 산다. 고기를 요리하다가 엄지가 서랍에 낀다. 나의 피와 살이 팬에 있는 고기와 너무 비슷해서 욕지기가 나고 먹을 수가 없다. 겨울이고, 모든 게 피와 금속, 얼음과 녹 같은 맛이다.

이 아이슬란드 기러기들은 라쿤처럼 토착종은 아니지만 적응에 성공했다. 내가 라쿤에게 친밀감을 느끼는 것은 어쩌면 나 역시 '침입종'이기 때문인지 모른다. 나는 전 세계에 확산된 지배 문화 중 하나인 영국의 후예다. 그 성공을 얼마나 기뻐하고 존중해야 하는지, 얼마나 낙담하거나 경계하며 대해야 하는

지 모르겠다. 영어에는 불쑥 나타나서 주변을 짓밟아버리는 전체주의적 힘이 있다.

하루에 한 번 정도 나에게는 도피의 순간, 이완과 은총의 순간이 온다. 오늘은 운전을 하고 있는데, 높은 산비탈에서 사람들이 연 날리는 모습을 보다가 그 순간이 왔다. 잠시 나는 그 연들처럼 가볍고 하늘하늘한 기분을 느꼈다. 긴장과 가슴앓이는 뒤로하고. 그러다가 다시 땅으로 돌아왔다.

언덕에 해가 걸려 있다. 지난달, 세계 기온이 유례없이 1도나 급등했다. 나는 천연자원 탕진과 나머지 세계 인구의 만성적 빈곤을 근간으로 하는, 우리의 서구적인 생활양식과 소비가 지속 가능하지 않다는 것을 안다.

그와 어떤 식으로 교신을 하든 입맛이 사라진다. 위는 마지못해 겨우겨우 움직이고, 피부가 따끔거리고, 담배 생각만 난다. 나는 크로이츠베르크의 내 침실에서 큰 거울을 바라보던 우리를 떠올린다. 그는 갑자기 떠났지만 내 감정은 그러지 못했다.

우리가 헤어지고 며칠이, 몇 주가 지났는지를 셈하며 늘 그를 생각한다. 그가 그 메일을 보낸 지 45일. 월경을 했다. 달이 다시 차고 있다. 봄이 오는 중이다. 섹스나 커플에 대한 이야기는 내 심장을 쥐어짠다. 나는 로맨스 영화를 보지 못한다.

나는 내가 러브스토리의 주인공인 줄 알았다. 사랑을 찾겠다고 혼자 씩씩하게 외국으로 떠났다. 내 집념이 보상을 받았고 아름다운 독일 남자와 함께 나의 섬으로 귀향할 예정이었다. 하지만 뭔가가 틀어졌다. 해피엔딩을 향해 나아가던 내 인생의 서사가 중단되었다. 나는 내가 착하고 건강하게 행동했으므로 모든 게 좋아질 거라고 생각했다. 다른 사람들이 나를 주저앉힐 수 있다는 점을 감안하지 못했다.

나는 그저 거부당했을 뿐이다. 모든 사람에게 일어나는 일이다. 이전에 나에게 일어난 적도 있고 내가 다른 사람들을 거부하기도 했다. 그때의 나는 거부당한 이들이 우아하고 꿋꿋하게 받아들이기를 바랐지만, 나는 정반대로 행동했다. 격분하고 울부짖었고, 언쟁을 벌이고 부정했다.

나는 친구와 가족들에게 그를 잊는 중이라고, 앞으로 나아가고 있다고 말하지만, 나의 일부는 남몰래 그를 되찾으려는 계획을 끈기 있게 감행 중이다. '옛 연인을 되찾는 방법'이라는 미국 웹사이트를 읽는다. 39.99달러를 들여 효과를 장담한다는 패키지를 구입한다. 다운로드 가능한 PDF 안내서는 연인을 돌아오게 만드는 단계별 계획을 제시한다. 일단 30일 동안은 꾹

참고 절대 연락을 해서는 안 된다. 그다음 단계에는 이메일 견본이 딸려 있다. '긴장을 풀고 위협하지 말라.' '둘이 함께했던 좋은 기억을 떠올리게 만드는 무언가를 언급하라.' 이 계획을 따르고 보니, 효과가 있는 듯하다. 우리는 다시 연락을 하고 나는 그를 겁주지 않으려고 애쓴다. 내가 넌지시 한번 찾아가겠다는 암시를 준다. 그러자 그가 사라지고, 나를 다시 차단한다. 내가 망쳐버렸다.

엄마의 집에서 지내면 더 좋아질 수 없을 것 같다. 다시 런던으로 돌아갈 것이다. 이 섬에서 지내기가 힘든 것은 그와 함께 여기에 오기로 계획했었기 때문이지만, 런던은 새로운 영역이다.

손에 넣기 위해 노력했던 새로운 삶을 향해 다시 남쪽으로 차를 몰고 고향 섬과 가슴앓이를 가져간다. 하늘의 패턴과 석조 조각품과 갈매기를 찾는 중이다. 회색갈매기들은 토지 이용의 변화에 적응해서 살아남기만 한 게 아니라 번성했다. 나는 다른 사람들에게도 각자 자기 몫의 고통이 있다는 걸 안다. 발을 액셀러레이터에 올린다.

상심한 / 빛을 찾는

11월

서리의 달Frost Moon

내가 B라고 부를 어떤 이는 그게 뭐가 됐든 가장 어린 시절의 기억이 평생의 성격을 결정한다고 말했다. 나는 두어 살밖에 안 된 때였을 텐데 발끝으로 서서 아슬아슬하게 닿지 않는 전등 스위치에 손을 뻗었던 기억이 있다. 그 후로 나는 늘 그 빛에 닿으려고 했던 걸까?

고대의 원소는 흙, 물, 공기, 불인데, 이 오래된 개념은 감각의 수준에서라면 옳은 것 같다. 두 원소의 결합은 원시적이고 강력하다는 생각이 든다. 땅 위의 빗물, 바람 속의 불, 돌에 닿는 햇살. 세 원소의 결합은 시다. 달빛을 품고 벼랑으로 밀려오는 바다, 무지개.

나는 하지와 동지, 추분과 춘분에, 행성과 1년의 시간균형을 맞추고 기울어지는 순간, 우리가 그림자 속으로 들어갔다가 나오는 순간에 관심이 있다. 빛 속으로 풍덩 내던져지기를, 따뜻하게 덥혀지고 드러나기를, 환한 조명을 받기를 갈망한다. 달빛을 갈망한다. 물론 그건 반사된 빛일 뿐이지만. 나는 농장에서 가져온 회색 판석 한 덩어리를 자동차 트렁크에 싣고, 다시 남쪽으로 가고 있다. 고대의 기술인 석조 각자刻字를, 배우기로 결심했다. 돌은 섬에서 고를 수 있는 천연 재료이고 돌에 글자와 단어를 조각하는 방법을 배우는 것은 지질학과 시를 연결하는 길이다. 궁극의 목표는 내 묘비를 새기는 것이다.

나는 더 이상 온라인에서 그를 찾아 헤매지 않겠다는 다짐을 한 다음 런던을 벗어나 바다에 닿을 때까지 차를 몬다. 비통한 마음을 잘 아는 B는 자신이 집을 비우는 동안 브라이튼 해변에 있는 아파트를 내게 빌려줄 것이다.

브라이튼의 돌조각가에게서 수업을 받는다. 돌조각에서 사용하는 간단한 도구들은 수세기 동안, 수천 년 동안 거의 그대로다. 끌과 나무망치(또는 '더미'). 조각가는 돌에 글자를 새기기에 앞서 가장 기본적인 원칙 몇 가지를 알려준다. 도구를 쥐는 법, 글씨 중앙에 홈을 파고 난 다음에 끌을 가지고 양쪽으로 조금씩 파는 법. 어렵다.

전문 용어들이 있다. 나는 끌을 가지고 '스톱 컷'을 만든다. 글씨의 끝 부분에 삼각형을 만드는 것이다. 돌은 '빠개질' 수 있는데, 덩어리로 떨어지거나 금이 가는 걸 말한다. 나는 '엔타시스'에 대해 배운다. 기둥이 반듯하게 보이도록 중간에 불룩하게 만든 부분을 말한다.

수업이 끝나고 앞바다를 거닐다가 AA 모임을 발견한다. 다른 사람들에게 귀 기울이다보면 자기 연민에서 빠져나오게 된다. 재발이 반복되는, 갱생시설의 가련한 놈들. 술냄새가 나는 내 옆자리 남자는 자전거에서 떨어져서는, 잠이 들었고, 손이 심하게 부풀어올라 자주색이 되었다.

아직도 술 마시는 꿈을 꿔. 항상 가슴이 철렁해서 잠이 깨고, 취하지 않았다는 사실에 안도해.

돌은 종류에 따라 다르게 반응한다. 조각하기 가장 좋은 돌

182

은 부드럽되 너무 퇴적암 같지 않은 부류, 석회암 같은 것이다. 대리석도 귀하게 쳐준다. 하지만 나는 농장에서 가져온 케이스네스 지역 판석에 조각을 하고 싶다.

'알터 슈베데Alter Schwede(옛 스웨덴인)'는 함부르크에 있는 거대한 바위다. 600킬로미터 떨어진 스웨덴 남부에서 온 것으로 확인된 이 돌은 40만 년 전 빙하기 때 빙하를 타고 이동해서 지금 그곳에 남게 되었다. 제자리를 벗어난 돌, '핀들링(표석)'의 사례이다.

런던으로 돌아와 방을 구했다. B의 친구 집인데, 그들이 일하러 나가면 나는 거의 혼자 지낸다. 나는 정원에서 돌조각을 휘날리며 바위를 내리치고 있다. 나는 신석기인이다. 석공이다. 한쪽 주머니에는 아이폰이, 다른 쪽 주머니에는 끌이 있다.

고향 섬을 비롯한 영국 전역에서 알 수 없는 용도—장식이거나 무기이거나 도구—로 조각된 돌 구슬들이 발견되었다. 대략 구의 형태를 띠고, 패턴이 있는 무늬와 볼록한 돌기가 새겨진 이 구슬들은 인간의 손에 딱 들어온다. 나는 그 안에서 땅의 형태를 빚고 싶어하는 가장 근원적인 욕망을 본다.

도시에서 주변의 모든 돌조각들이 눈에 들어오기 시작한다. 옛 사람의 손길이 만들어낸 작품을 감상할 때는 산책이 더 풍

요로워진다. 날짜가 적힌 거대한 돌들, 풍화된 조각품, 문양이 복잡한 상인방(창문이나 문 위쪽에서 수평으로 하중을 분산시키는 가로대—옮긴이)들.

집 근처 교회 묘지에는 묘비가 세 가지로 나뉜다. 가장 오래된 묘비는 손으로 직접 깎은 것이고, 20세기 중반의 묘비는 금속 레터링을 사용했으며, 가장 최근의 돌들은 기계로 글자를 새겼다. 나는 손으로 깎은 돌을 코에 바짝 대고, 글자 안에 있는 규칙적인 펀치의 흔적들, 하나하나가 세심한 끌의 타격을 보여주는 그 흔적들을 엿보며 장인정신에 감탄한다. 이 묘비들은 그 흔적을 남긴 사람들을 보여준다. 이건 가장 근원적인 의미의 예술인지도 모른다.

커뮤니티센터에서 하는 요가 수업에서 우리는 등을 바닥에 대고 팔다리를 허공에 든 채 눕는다. 선생님은 이게 '땅에 밀착하기'라고 말한다. 나는 '땅에 발을 붙이다'가 어째서 칭찬인지 전혀 이해하지 못한 것처럼, 이게 무슨 뜻인지 전혀 이해가 되지 않았다. 나는 돌과 충돌할 것이다. 중단하게 될 것이다.

나는 늘 싸우는 중이다. 전부를 느끼려고, 나 자신을 기억하려고 애쓰면서. 장화를 신고, 베를린에서 들고 온 묵직한 남자용 코트를 입고, 닐스 프람을 들으며 공원을 걷는다.

공원에서 산책을 하다가 우연히 다른 누군가의 이야기 사이를 가로지르며, 사랑하던 이의 유골을 뿌리고 있는 어떤 가족을 지나쳐.

때로 나는 심리적 돌파구를 만들어낸다. 우리 사이에 양립할 수 없는 차이가 있을지 모른다는 걸 이해하면서도, 그를 지독하게 보고 싶어해도 괜찮다는 걸 깨닫는 순간 같은. 이런 것들은 공존 가능하다. 또는 그 역시 힘들었을지 모른다는 걸 인정하는 순간 같은. 우리 모두 무언가를 잃었다. 우리 모두 비합리적으로 행동했다.

베를린 신박물관에서 나는 상형문자가 새겨진 이집트 석관들을 보았다. 이 인공물들은 시간이 흐르고 분해를 거친 이후 무엇이 남겨지는지를 보여준다. 아마 내가 돌을 깎으려는 건 유산과 견고함 때문인지 모른다. 태양 폭발이 통신 네트워크를 불태우고 나면 무엇이 남게 될까? 하드드라이브보다 더 단단한 게 뭘까?

기차역에서 어떤 독일 남자가 영어로 말하는 소리를 들으니 흥분되면서도 슬퍼.

광학에서 빛의 초단파는 지속시간이 피코초(10^{-12}초) 이하인 전자기파다. 이런 파장은 광대역 광 스펙트럼을 가지고 있고 모드락 진동기(레이저로 아주 짧은 빛의 파장을 만들어낼 수 있는 광학 장치—옮긴이)로 만들어낼 수 있다. 보통 이런 것들을 초고속 사건이라고 한다.

초고속 사건이란 거의 시작과 동시에 끝나는 어떤 것이다. 사건 자체보다 사건이 주는 인상이 훨씬 오래간다. 우리는 시간 속에서 순간을 절대 포착할 수 없다. 영원함을 기대하지 말고 일어나는 그대로를 경험하겠다는 열린 마음으로 그 순간에 따라야 한다.

그길 '넘어서지' 못하고 있는 나 자신이 불만스럽다. 우리의 연애는 여름 한철짜리였는데, 어째서 나는 몇 달이 지나고도 여태 아파하고 있을까? 나는 중요한 것은 관계의 길이가 아니라 그 강도, 그리고 그것이 상징했던 바임을 알게 된다. 나는 몇 년 동안 싱글로 지냈고, 기다린 시간이 긴 만큼 누군가를 찾는 게 큰 의미를 갖게 되었다. 더군다나 나는 열심히 찾아 헤매려고 나라를 건너갔으므로. 그 사람을 만난 것이 내 금주와 노력에 대한 보상처럼 느껴졌다. 따라서 연애가 끝났을 때의 충격이 컸고 내면의 불화가 이어졌다.

어느 날 아침, 나는 핸드폰에서 모든 소셜미디어 앱을 지우고 그 대신 나사의 우주 기상 앱을 설치한다. 선 뷰어는 찍은 지 1분도 안 된 사진을 보여주고, 나사의 태양 활동 관측위성에 탑재된 대기 이미징 어셈블리(태양 활동 관측 위성에 탑재된 특수 망원경—옮긴이)가 이 사진을 몇 분 단위로 업데이트한다. 뜨거운 곳은 하얗게, 서늘한 곳은 검게 보이는 태양이 진한 오렌지색으로 소용돌이친다. 태양의 홍염에 집중하는 다른 이미지는 귤처럼 더 밝은 오렌지색이다.

보통 우리는 태양을 볼 수 없다. 너무 밝기 때문에. 하지만 내 주머니 속에는 별로 가는 관문이 있다.

나는 아직도 울지 않고 보내는 올해의 첫날을 기다리는 중이야.

나는 구글을 통해 버림받은, 많은 연인들, 어쩔 줄 몰라하는 영혼들이 그러하듯, 나의 전 남자친구가 '나르시시스트'라는, 그에게는 진단 가능한 인격장애 같은 것이 있다는 결론을 내린다. '사랑 폭격'과 '미래 날조하기'에서, '가치 깎아내리기'와 '갑작스러운 애정의 철회'로 이어지는 패턴에 대해 읽고, 다 맞는 말처럼 느낀다.

　처음에는 술의 취기처럼 짜릿했다. 그는 나를 여주인공으로, 자신을 돋보이게 하는 거울로 캐스팅했다. 초반에 내가 신중하려고 애쓰면서 그에게 '진정 좀 하라'고 부드럽게 제안하자 그는 폭주했다. 그의 감정에 대해 이래라저래라 하면 안 되는 거였고, 그는 바로 그런 사람이었다. 그 후로 나는 그를 잃고 싶지 않아졌다. 그 후로 신중하려는 노력은 거의 없었다. 서로에 대해 아는 것도 거의 없으면서 선언과 계획을 남발했다.

　그는 감탄과 애정을 원했다. 그는 나의 약점을 알아보았다. 사랑과 가족에 대한 나의 욕구를, 고향 섬과 농장에 대한 나의 로맨틱한 생각들을. 그리고 그는 스스로를 이런 문제를 해결할 수 있는 사람으로 연출했다. 내가 분명하게 표현하기 전부터 그는 내가 뭘 원하는지 알았다. 나는 그런 나의 행운을 믿을 수가 없었다.

　B는 내가 극복하는 데 시간이 많이 걸리는 게 이상하지 않다고 말했다. 애정이 아무런 설명 없이 갑자기 사그라들 때, 집착은 합리적인 반응이라고.

　영화관에서 어느 광고가 눈 덮인 언덕 풍경으로 화면을 가득 채운다. 내 시야가 온통 흰색이다. 탁 트인 풍경, 시각적인 해방, 빛이 그 순간 감정을, 향수를 불러일으킨다. 나는 빛이 주는 감정적 힘을 경험하고 있다.

그는 단기적인 해법과 극단적인 변화에, 벼락부자가 되는 계획과 삶의 지름길에 관심이 있었다. 꿈같은 인생을 그리는 것이 평범한 현실보다 매력적일 수 있고, 이 온실 같은 공간에 숨어 있으면 짜릿하고 우쭐한 기분이 든다. 하지만 그림 속에서 살 수는 없다. 실제 인생은 꾸준한 노력과 느린 진전과 절충을 요구한다.

내가 긴 치마를 입었고 달을 좋아했기 때문에 그는 내가 자기가 좋아하는 얼빠진 히피라고 생각했다. 내가 의학을 신뢰하고 그의 진부한 생각에 시비를 걸자 난감해하기 시작했다.

중독자와 나르시시스트는 강력하고 위험한 조합이다. 둘이 함께 있으면 각자가 유달리 취약한 두 가지를 주고받는 흐름이 완성된다. 나르시시스트는 자신의 자아를 즐겁게 하는 꾸준한 보급품이 필요하다. 중독자는 황홀경에 이를 수 있는 일체의 가능성을 부단히 찾고 추구한다. 나에게는 퍼부을 수 있는 사랑이 차고 넘쳤다. 나는 무모하고 솔직했다. 그는 그런 나를 만났고 수년 동안 갈고 닦은 기술로 나를 완전히 유혹하지 않을 수 없었던 것이다. 내 머릿속을 떠나지 않는 질문은 그가 나에게 진심인 적이 있기는 했을까하는 것이다.

연애가 갑자기 끝났을 때 나는 충격과 부정뿐만 아니라, 우리가 함께 상상했던 미래의 상실까지 감당해야 했다. 나는 강렬한 육체적 관계의 중단을 경험하고 있었다. 계속될 거라고 생각했는데. 자기라는 속삭임이 내 귀로 흘러들어왔고, 나의 몸이 그의 몸이 되었다. 이제 내 몸은 새로운 차가운 현실을 거부하려고 한다. 나의 거부반응으로는 식욕상실, 탈모, 욕지기, 피부 간질거림이 있다.

하지만 나와 함께할 생각이 없다는 이유만으로 누군가를 환자 취급하는 건 부당하지 않을까? 가끔은 일이 그냥 그렇게 흘러가기도 한다.

요가를 하면서 나는 내 몸 이곳저곳에 마음을 집중시키며, 여러 부위가 밝게 타오르는 모습을 떠올린다. 엄지손가락, 손목, 팔꿈치. 끝날 무렵에는 전신이 미세하게 지면에서 떠서 살짝 진동하며 환하게 빛을 발하는 기분이다. 수업을 마치고 집으로 걸어가는 길에 붉은 벽돌집 위로 보름달에 가까운 달을 본다.

빛에는 운동량이 있어서 공학자들은 어떻게 이걸 활용해서 우주 여행선에 동력을 공급할지를 연구 중이다. 나는 우주선을

190

타고 초당 186,000마일의 속도로 너를 향해 가고 싶다.

나는 완벽하지 않았다. 나에게는 현실보다는 이야기를 보려는, 잘생긴 얼굴 때문에 다른 것들을 무시하려는 경향이 있다.

나는 피 한 방울이 물잔 속에서 퍼지는 꿈을 꿔.

다른 사람들에겐 쉬운 모양이다. 나는 더 이상 그걸 말하지도 생각하지도 말고 앞으로 나아가야 한다. 하지만 중독의 역설은 내가 선택한 물질이 나에게 해롭다는 걸 알면서도 여전히 그걸 갈망한다는 것이다.

내 몸은 계측 도구다. 나의 동공은 팽창하고 수축한다. 나는 언제나 항상성을 유지한다. 빛이 우리 눈에 닿고 뇌에 의해 해석되기까지 최소한 10분의 1초가 걸린다는 말을 들었다. 그러면 우리가 시각적으로 경험하고 있는 것은 언제나 과거라는 뜻이다. 뇌는 현재가 과거, 또는 어떤 물체의 궤적과 대단히 유사할 거라고 예측함으로써 보정을 한다. 나는 지금 이 순간의 당신을 절대 보지 못한다. 내가 보는 것은 몇 천 분의 1초 전 당신이다.

우리의 모든 감각은 주관적이고 결함이 있을 수 있다. 나는 전적인 진실보다는, 주변에 대한 나의 해석 속에 존재한다. 여기에는 내가 감지하지 못한 것들이 있을지도 모른다. 내가 이해 못 할 빛과 차원의 보이지 않는 진동수, 시간의 대안 같은 것들.

어쩌면 그는 내가 생각했던 것보다 더 슬펐을지도 모른다. 나는 그가 내게 자신에 대해 말했던 그 모든 것들이 정말로 되고 싶었던 모습일 거라고 생각한다. 그리고 나 역시 정말로 그러기를 바랐다. 우리는 판타지 속의 공모자였다. 마침내 그는 가면놀이를 고백해야 했다. 그걸 받아들이는 데 그보다 내가 더 시간이 걸렸다.

태양은 노란색이 아니라 흰색이다. 낮게 하늘에 떠서 파란빛을 산란시키는 지구의 대기를 통해 볼 때만 노란색으로 보인다. 태양은 우주에서 보면 노란색으로 보이지 않는다.

상심한 사람들은 이상한 짓을 한다. 페이스북에서 하이드파크에서 열리는 '눈 맞춤 실험'이라는 행사를 보았다. 많은 사람들 속에서 잃어버린 연인과 연고가 있는 사람을 찾아보려 한다. 친구 아니면 낯선 누구라도. 고통은 내가 수줍음을 극복하게 만들었다.

담요 위에 책상다리를 하고 앉아 있는 한 무리의 백인들에게 다가가는데 파촐리 오일 냄새가 난다. 나는 낯선 사람을 마주 보고 앉고, 우리는 아무 말 없이 몇 분 동안 서로의 눈을 들여다본다. 상대의 눈 속에 처음에는 반사된 공원의 모습—나무와 그 너머의 하늘—이 보이다가 그다음에는 그 사람의 테두리 까만 파란 홍채가 보인다. 그 사람의 눈 속에서 친절함을, 일생의 슬픔을 본다. 그리고 그다음 그 사람의 눈동자 속에서, 나 자신을 본다.

동공으로 호기심 어린 시선을 던지는 젊은 남자, 그다음에는 습관적인 미소 때문에 초승달 모양의 눈이 속눈썹에 거의 가려지다시피 한 젊은 여자와 마주 앉는다. 명상을 하는 기분이다. 성스러운 장소나 초를 이용해서 집중을 하는 대신 우리는 빛이 상대 인간의 몸으로 들어가서 뇌에 의해 이미지로 변환되는 그 지점을 이용한다. 나를 응시하는 상대를 나 역시 응시할 수 있다면, 기꺼이 친절하게 열려 있고자 하는 사람들이 저 어딘가에 있다는 걸 알게 돼서 기쁘다.

겨울이 가고 있다. 나는 몇 달 동안 아프고 집착 중이지만 빙 돌아서 가는 방법 같은 건 없다.

스탕달 증후군은 위대한 예술품을 목격했을 때 일부가 경험하는 육체적 증상—심장이 빠르게 뜀, 어지러움, 졸도—을 일컫는다. 프랑스 작가 스탕달은 1817년에 처음으로 피렌체의 위대한 프레스코화들을 보았을 때 이 증상을 경험했다고 설명했다.

놀랍게도 나는 시각예술 때문에 두 번 감동의 눈물을 흘렸다. 첫 경험은 대지예술에 대한 어떤 다큐멘터리에 나오는 단순하고 긴 장면이다. 빛이 돌담을 가로질러 움직이는 장면. 두번째는 섬의 그림들로 이루어진 전시회에 갔을 때다. 전시 마지막 날인데 나는 최후의 순간에 8번 버스를 타고 전시회에 가기로 결심한다. 베스널 그린에서 블룸스베리로, 나의 과거를 관통하는 버스다. 런던은 변했지만 —타파스 레볼루션 식당과 월드 베이프 전자담배 가게— 나는 그대로다. 버스정류장에서 담배를 피우며, 한 소년을 생각한다.

세련된 갤러리에서 나는 벨을 울리고 올라가는 계단을 안내받는다. 별 기대 없이 방으로 들어가서 그림을 본다. 그게 무엇을 담고 있는지 완전히 알아채기도 전에 울음을 터뜨린다. 무언가가 나를 건드렸다. 의식 아래 있는 무언가가. 그림은 벼랑과 시 스택과 섬의 오래된 석조 기념물을 담고 있다. 이 감정은 향수이지만 그보다 더 구체적인 무언가이기도 하다. 무덤 위를 비추는 햇빛을 묘사한 그림이다.

그 그림이 내 안에서 집과 단순함, 대비와 힘을 자극하는 깊은 감정적 도화선을 건드린다. 두 번의 경험에서 모두 돌 위의 햇빛이 나를 울게 만들었다.

집에서 가져온 돌에 작업을 시작한다. 깎기가 어렵다, 빌어먹을. 단단하고 울퉁불퉁하다. 끌이 종잡을 수 없이 튀어오른다. 퇴적암이다보니 층층이 가루가 어지럽게 날린다. 하지만 나의 돌은 흥미롭게도 판석과 사암의 혼합물임이 드러난다. 바깥의 회색층을 벗겨내니 암적색 내부가 드러난다.

처음에는 연필을 쥐고 돌에 글자를 그리며 형태와 비율을 대략 스케치한다. 나는 이런 일을 잘 못한다. 내가 그린 중심선은 비뚤비뚤하다. 먼지와 근육의 힘과 끌을 쿵쿵 내리치는 나무망치질을 거치며, 거칠고 불안정한 나의 글씨가 드러난다. 내 작품은 아주 서툴다. 나로서는 감당이 안 되는 고급기술—많은 연습—이지만 망치질과 돌발상황들을 거치며 계속 끌질을 해야 한다. 분명한 단어가 모습을 드러내도록 노력하면서.

많은 사람들이 떨어지는 꿈을 꾸지만, 땅에 닿는 사람은 거의 없어.

태양 폭발이나 1859년 지구를 강타했던 태양 대폭발 코로나 질량 방출 같은 사건은 전 세계 통신시스템을 무너뜨릴 수 있다. 그 자성 충격파가 전기시스템을 무력화하고, 전기망이 전류 급등으로 망가지고 전력선이 끊어질 수 있다. 태양의 흑점은 엄청난 압력을 일으켜 태양 폭발을 형성하고 방출할 수 있다. 인터넷이 끊기면, 통신시스템이 작동하지 않으면, 우리는 전에 우리가 어떻게 살았는지를 기억할 수 있을까?

나는 내 손으로 바위를 그러쥐고 바꾸고 싶다. 땅속으로, 원소들 속으로, 몸을 낮추고 더러워지고 싶다. 글자를 새긴 이 돌을 땅 위에 올려놓고, 내가 떠나고 한참 뒤에 나의 단어들이 빛을 받았으면 좋겠다.

찬란한 황금 모자를 쓰고 너에게 키스하고 싶어.
핀들링 돌 꼭대기에서 너에게 키스하고 싶어.
한겨울에 신석기 동굴 무덤에서 너에게 키스하고 싶어.
태양 대폭발의 화염 속에서 너에게 키스하고 싶어.

아포페니아

5월

분홍 달Pink Moon

베를린을 떠나기 전 내가 사는 아파트건물의 계단실에 라쿤을 그렸다. 나는 여름 내내 그 작업을 하겠다고 말하고 다녔다. 그 메일을 받고 며칠 되지 않은 9월 초였고, 나는 부들부들 떨었다. 페인트를 사고 붓을 빌리고 소매를 걷어부쳤다. 창이 열려 있었고, 공기가 따뜻했고 나는 머리를 틀어올리고 크롭톱을 입은 채 계단에 서서 그림을 그렸다.

좋은 그림은 아니었지만 ―균형이 어긋났고 라쿤을 만화 같지 않게 그리기가 힘들다— 뭔가 느낌이 있었다.

나는 라쿤을 한 번도 보지 못했지만 내 손으로 만들고 있다. 라쿤이 내 앞에 나타나기를 기다리며 길모퉁이를 배회하곤 했는데, 내가 나가서 직접 찾아낼 수 있다는 걸 깨달았다. 내가 라쿤을 직접 만들면 된다.

사람들은 나를 돕고 싶으면서도, 상황을 개선하고 빨리 수습하려는 마음에 "최악은 면한 거야" "걔는 눈물을 흘려줄 가치도 없어" 같은 말을 한다. 하지만 그 사람이 그만한 가치가 없다면 나는 어째서 울고 있을까? 나에게 가장 도움이 된 친구는 내가 그 사람이 보고 싶다고 하자 그냥 '그 맘 알지'라고 말하고 내 곁에 앉아 있던 이였다. 내 감정을 인정받는다는 것은 힘이 있었고 나는 고마운 마음을 주체하지 못했다.

타인은 예상 밖에 있다. 모두에게는 각자 내 이야기에서 굽이굽이 멀어지는, 자기만의 이야기가 있다. 우리는 서로의 타임라인이 부딪칠 때, 아주 잠시 동안만 교차한다. 그들에게는 각자의 B들이 있다.

나는 고마움을 느낀다. 자신의 집에 내가 불쑥 들어가 지내며 주방에서 울게 해준 B에게. 그리고 차를 가지고 나를 공항으로 맞으러 온 B에게. 그리고 그냥 내가 이야기하도록 내버려둔 B에게. 그리고 4년 전에 겪은 서글픈 사건의 복잡하고 엉망진창인 이야기—나는 모든 시시콜콜한 세부 사항이 너무 마음에 들었다—를 내게 들려주고 그냥 기다리라고 말해준 B에게.

시간을 제외하고, 종국에 도움이 된 것은 내 이야기를 입증해준 사람들이었다. 몇 달 뒤 나는 베를린에서 우리와 함께 시간을 보냈던 어떤 이를 우연히 마주쳤다. 우리 사이가 끝났다는 이야기를 들은 그는 "믿을 수가 없어. 그 사람이 너를 어떤 시선으로 봤는지를 내가 아는데"라고 말했다. 그는 나에게 그게 얼마나 이상하고 난폭한 일인지를 확인시켜주었다.

담 쌓기와 수영도 도움이 되었다. 땅도 도움이 되었다. 개인적인 상징과 나만의 의미 만들기도 도움이 되었다.

아포페니아는 패턴을 찾으려는 경향이다. 패턴 찾기는 일종의 이상 증세일 수도 있지만 나에게는 나를 지탱해주는 것이다. 예상 밖의 어떤 물체가 의미를 가지고 빛을 발할 때가 있다. 나는 어디서든 달을 찾는다. 이 하트 모양의 상자에는 조개껍데기 몇 개뿐만 아니라 우정 어린 몇 주와 대화와 후회가 모두 들어 있다. 우리는 의미를 만드는 기계들이다. 나는 이 작은 개인적 신화와 토템을 모두 사용해서 나 자신을 온전하게 유지한다. 감당하기 힘든 선택과 자유에 직면할 때 나는 이것들을 찾는다.

그가 나를 떠난 주에, 나는 오븐에서 음식을 꺼내다가 팔을 데었다. 지난 한 해를 거치며 흉터가 부풀어 올랐다가 차츰 희미해지는 모습을 관찰했다. 이제는 작은 은빛 금일 뿐이지만 그게 완전히 사라지지는 않을 거라고 생각한다.

내가 아기인 나를 안고 있는 꿈을 꿔. 지금의 내가 아기인 나에게 말해. "내가 누군지 알아?" 그러자 아기인 내가 말해, "그럼." 지금의 내가 아기인 나에게 내가 어디에 있느냐고 묻고, 아기인 나는 "모든 곳에"라고 말해. 그다음 순간 우리는 금속처럼 서로 녹아들어.

나는 여기서 어떤 교훈을 배우려는 생각에 저항한다. 이 가슴앓이는 불필요하다. 잘못된 것이다. 나에게는 절대 완전히 회복하지 못할 상처가 있다.

배운 것들도 있다. 전대 아파트 침대에서 석류를 먹지 말 것.

파티장을 일찍 나와도 괜찮다는 것. 그리고 나는 회전 교차로 중앙에서 생각지도 못했던 가능성을 본다. 그리고 나는 하찮은 노동과 반복 작업에 굴하지 않는다. 그리고 나는 여행 예약 사이트를 들락거리며 값싼 표를 구하는 데 능하다. 그리고 나는 낙관론을 부끄럽게 생각하지 않는다.

최소한 그 관계는 우리가 아직 열정이 가득했을 때, 그가 나를 보러 자전거를 타고 베를린을 가로질러 왔을 때, 그가 나의 집 문 앞에 도착하자 내가 신이 나서 얼굴이 붉어졌을 때, 끝났다. 그리고 나는 데님 반바지를 입고 그 낡아빠진 자전거를 타던, 근무 중에 낯뜨거운 이메일을 받던, 그 반짝이던 여름을, 나의 집 안마당을 가로지르며 그가 내던 뻐꾸기 소리를, 달이 그 '호프Hof(안마당)'를 넘어가는 모습을 바라보던 일을, 그 서둘러 가버린 시간을 언제고 기억할 것이다.

그리고 나는 쌍안경을 들고 줄지어 선 나무들을, 열차 선로를, 비행기의 수증기 자취를 훑어보던 템펠호프에서의 여름을 기억한다. 나는 새가 작은 건물 안테나 위에, 어쩌면 피뢰침 위에 앉아 있는 모습을 발견하고, 쌍안경으로 들여다보고는 그게 참매라는 걸 알았다. 나는 그 새가 커다란 똥을 누고, 구애의 나선을 그리며 날아오르는 모습을 보았다. 참매를 볼 때면 항상 기운이 솟았다.

　일은 계획대로 흘러가지 않았다. 나는 라쿤을 한 번도 찾아내지 못했다. 하지만 어떤 인생, 어떤 사람은 내가 절대 범접할 자격이 없다는 깨달음을 얻었다. 나는 머릿속으로 그 모든 걸 받아들였다. 그리고 지금 내가 해야 하는 것은 새로운 이야기를 만들어내고, 다른 길을 상상할 수 있을 정도로 용감해지고 단단해지는 것이다.

　몇 달 뒤면 나는 베를린에서 가져온 마지막 세면도구를 다 써버리고, 독일 바디로션도 바닥난다. 그리고 결국은 그가 벼룩시장에서 나에게 사준 티셔츠를 버릴 것이다. 새 공책을 쓰기 시작하고 은행 계좌를 닫는다.

　우리가 마지막으로 이야기를 나누던 동안, 그는 매를 볼 때면 내가 생각날 것 같다고 했는데, 그때는 그게 나와의 관계 단절을 암시하는 실망스러운 말이라고 생각했지만, 지금은 그 이상 더 바랄 게 없을 것 같다.

직접 보지는 못했지만 나는 라쿤이 거기 있다는 걸 안다. 도시에는 우리가 보지 못하는 여러 층이, 우리가 맞출 수 있는 다양한 주파수가 있다. 매일 온갖 택배를 보내는 우편 서비스와 배달원들이, 어마어마하게 복잡하지만 잘 돌아가는 물류 네트워크가 있다. 개 오줌 네트워크가 있다. 아주 조금이나마 우리가 배우고 알아차릴 수 있는 새소리가 도처에 있다. 거리에는 사람들의 시선과 바디 랭귀지가, 기압과 기온으로 전달되는 환경에 대한 복잡한 메시지들이, 계절의 표지들이 있다. 인간의 가청 범위를 벗어난 아주 낮은 주파수가 있다. 동시에 수백만 건의 메시지들이, 빛의 파장에 의해 케이블로 전송되어 우리 주변으로 전달된다. 아직 배울 게 아주 많다. 같은 도시에서도 아주 다양한 삶의 방식들이 있다.

나는 야간 산책과 정교한 작업을 위해 헤드 랜턴을 구입하고, 오랜만에 처음으로 새로운 가능성 때문에 설렌다. 나의 잠재적인 영역이 확장된 것이다. 나는 어두운 서식지를 들여다보고, 밤의 생물들을 조명하고, 이들이 자기 일을 하는 모습을 엿볼 수 있다. 전에는 수수께끼 같고 접근 불가능했던 장소와 시간들이 이제 내게 활짝 열린다. 내가 용감하기만 하다면. 내가 적절한 장비만 갖추고 있다면.

나는 흠씬 두들겨 맞고 상처를 얻었고 살아 있고 아름답다. 헤드 랜턴을 쓰고 다시 데이팅 사이트를 연다. 정확한 비밀번호를 기억해내기까지 몇 번 시도를 해야 하지만 거의 주저하지 않고 '프로필 재활성화'를 클릭한다.

내가 상처를 받았음에도 지난 일을 후회하지 않는다는 걸 깨닫는다. 나는 그를 만났던 것이 후회되지 않는다. 베를린은 내 마음을 아프게 했지만, 그렇게 하도록 내가 놓아둘 수 있었다는 것이 기쁘다.

에필로그

4년 뒤

12월

차가운 달Cold Moon

달이 내게 보름달임을 알리는 문자 메시지를 보낸다. 아침 5시, 올해의 첫 아침이다. 나는 오줌을 눠야 하고, 그래서 남자친구와 우리 아기를 깨우지 않으려고 최대한 조용히 몸을 움직여 밴 밖으로 나간다.

우리는 어젯밤 황야지대에 차를 세워두었다. 바깥은 소름 끼치도록 춥고 달이 눈 위에서 워낙 밝게 빛나서 손전등이 필요

없을 정도다. 꽉 찬, 12월의 차가운 달이다. 우리는 전날 밤 새해를 축하하기 위해 불을 몇 개 밝혀놓고 이 달이 언덕 위로 떠오르는 모습을 지켜보았다. 나는 위를 올려다보며 나를 꾸준히 그리고 무심하게 안아준 달에게 고마움을 느낀다.

지난 4년은 쏜살같이 지나가버렸지만 가장 길고 힘든 시기이기도 했다. 달은 계속 궤도를 돌았다. 그동안 나는 집을 여러 차례 옮겼고, 조수가 하루에 두 번 밀려왔다 밀려갔고, 고통이 누그러들었다. 매달 나의 몸은 자랐고 떨어져나갔고 교체되었다. 나는 나를 아는 사람이 없는 작은 마을로 이사했고 수영을 할 수 있는 새로운 장소들을 발견했다.

저 바깥의 눈 속에서, 나는 어떤 원시적인 관점에서, 물로 가득한 우리의 몸이 달의 중력을 느끼는 게 아닐까 하는 생각에 잠긴다. 우리는 타고난 욕망에서 헤어나기가 힘들고 바로 그 욕망이 나를 도시와 섬과 웹사이트 주변으로 끌어당긴다. 위치는 변하지만 허기는 남아 있고 저 먼 곳에 있는 나의 연인, 달도 그렇다.

몇 주 전 어떤 북페스티벌 강연에 가는 길에 파리 샤를 드골 공항에서 비행기를 환승하려던 참이었다. 그 온갖 사건이 되살아난 것은 면세점에서 발라본 향수 때문이었는지 모른다. 나는 그가 줄을 서 있는 모습을 보았다고 생각했지만 물론 그건 그가 아니었고, 그러다가 내가 몇 주 동안, 심지어 몇 달 동안 그를 생각하지 않았다는 사실을 깨달았다. 이제 나는 내가 바라던 미래 안에 있다. 그 미래는 생각보다 오랜 시간 뒤에, 예기치 못한 방식으로 왔다. 워낙 시간이 많이 흘러서 이제는 그 시절이 다르게 느껴진다. 갑자기, 그리고 조금씩, 관대함과 고마움이 찾아왔다.

변화는 더뎠지만 집요했다. 마치 머리카락이 자라듯. 나는 치유의 순간을 알아차리지 못했지만 어느 날 더 이상 아프지 않았다. 집을 옮기고 아무런 괴로움 없이, 한때는 헤어질 수 없을 것 같았던 작은 기념품들과 선물을 버리기로 결심한 날처럼, 한 번씩 도약하는 순간들이 있었다. 학의 두개골, 그 싸구려 주머니, 내가 다른 누군가에게 가슴 철렁하는 매력을 느꼈던 첫 순간을 버린 날. 후퇴하는 순간도 있었다. 분주한 저녁 시간을 보내고 빈 집으로 돌아가, 여전히 관심과 콜라에 굶주린 채, 외로이 몇 시간 동안 인터넷을 검색하며 밤이 깊어지고, 아침이면 숙취와 역겨움을 느끼기도 했다.

때로는 사람들이 한 말을 이해하는 데 시간이 걸리기도 한다. 그는 말했다. "이게 단기적으로는 나한테, 장기적으로는 너

207

한테 더 낫다"라고. 내가 자신을 아는 것보다 그가 자신을 더
잘 알았다. 그는 자신이 계속 이어가지 못하리라는 것을 알았
다. 그는 내가 괜찮아지리라는 것을 알았다.

그리고 나는 거기, 비행기가 이륙하고 심장이 고동치는, 환한
햇빛이 비치는 출발 라운지에 있었다. 어느 날 나는 언덕 꼭대
기로 걸어 올라갔고 뒤돌아보지 않았다.

산업 부지에서 내게 키스해줘.

도심 보행자 구역에서 내게 키스해줘.

그린벨트에서 내게 키스해줘. 국제 날짜 변경선에서 내게 키
스해줘.

감각 차단 탱크에서 내게 키스해줘. 고압실에서.

네 얼굴이 찬물 때문에 얼얼할 때 내게 키스해줘.

잠과 깨어남 사이의 순간에 내게 키스해줘.

태양이 폭발하고 우리가 여기 지구 위에서 그것을 알게 되
기까지의 8분 동안 내게 키스해줘. 영원한 미래에 내게 키스
해줘.

내가 생활하는 데, 그리고 이 책을 쓰는 데 도움을 준 감사한 분들은 다음과 같다.

트리스턴 버크, 콩 차우, 데르크 엘레르트, 폴 그리브스, 노르베르트 켄트너, 리사 캐너, 테오도어 코흐, 캐서린 히버트, 캐런 힝클리, 엄마와 아빠, 톰 립트롯, 페기 데포르주, 리사 미턴, 미라 망가, 제임스 맥도널드 록하트, 다이앤 노선과 제이미 하이, 휴 니스벳, 이브 리천스, 조 스위팅, 팀 멈, 코트 바이 더 리버, 크리에이티브 스코틀랜드, 글래드스톤 도서관, 책 쓰는 엄마들, 그리고 RSPB 오크니. 프랜시스 빅모어, 릴라 크루크생크, 애너 프레임, 미건 레이드를 비롯한 캐넌게이트 출판팀에게도 감사의 마음을 전한다.

이 책에 실린 내용의 일부는 엘스웨어, 슬로 트래블 베를린 그리고 《섬서치 스토리스》에 실린 적이 있다. 편집자 폴 스크랜

턴, 폴 설리번, 수지 올브리치에게 고마움을 전한다.

돔 그리고 우리 아기들에게 사랑을 전한다.